섬에 있는 암자를 찾아서

섬에 있는 암자를 찾아서

초판 1쇄 인쇄   2009년 4월 23일
초판 1쇄 발행   2009년 4월 28일

지은이 ㅣ 이봉수
펴낸이 ㅣ 전승선
펴낸곳 ㅣ 자연과 인문
신   고 ㅣ 300-2007-172

주   소 ㅣ (우110-290) 서울시 종로구 인사동 43 대일빌딩/코쿤피스 119호
전   화 ㅣ (02)735-0407
팩   스 ㅣ (02)723-6688
이메일 poet1961@hanmail.net
홈페이지 www.jibook.net

값 10,000원
ISBN 978-89-961414-3-3 (03810)

*잘못 만들어진 책은 구입하신 서점에서 친절하게 바꿔드립니다

섬에 있는 암자를 찾아서

이봉수 지음

자연과인문

그 먼 여정 섬에 있는 암자를 찾아서

오늘도 그 섬에 가고 싶다. 가슴이 답답한 날이면 나는 걸망 하나 메고 섬으로 떠난다. 섬은 내가 기댈 수 있는 마지막 언덕이다. 섬은 고립이 아니다. 지루한 일상을 잠시 버리고 섬으로 탈출하면 거기엔 대자유가 넘실댄다. 섬에서 바라보는 육지는 오히려 거대한 포로수용소다. 섬에는 아직 오염되지 않은 원시가 살아 숨쉰다. 나는 가끔 아무도 없는 원시의 섬으로 들어가 혼자 지내는 연습을 한다. 이제 외딴 섬에서 홀로 있어도 외롭거나 무섭지 않다. 섬에 가면 홀로 존재한다는 것이 얼마나 즐거운 일인가를 알 수 있다.

섬과 나를 연결시켜 준 사람은 이순신이다. 어느 날 남해안을 따라 여행하다가 나는 문득 이순신을 발견했다. 무슨 인연인지 나는 이순신에 매료되었고 임진왜란 당시 그 분이 누비고 다녔던 해전현장을 모두 답사하기로 작정했다. 1999년부터 시작한 섬 여행은 아직도 끝나지 않았다. 이순신 장군이 승리한 남해의 해전현장은 물론 서해의 최북단 백령도로부터 국토의 최남단 마라도, 동해의 외로운 섬 독도까지 수많은 섬을 십렵했다. 때로는 폭풍우 때문에 섬에 갇혀보기도 했고 엄청난 파도 앞에서 배멀미를 했던 기억도 난다. 그래도 섬과 바다가 좋아 결국 일을 저지르고 말았다. 경남 통영에 있는 오곡도에 섬 여행을 위한 베이스캠프를 마련한 것이다. 허물어져 가는 토담집을 사서 수리하여 텃밭까지 가꾸면서 요즘도 한 달에 한 번은 그 섬에 다녀온다.

섬 여행은 그 특성상 철저히 대중교통을 이용해야 한다. 버스를 타고 섬에 가까운 항구로 가서 다시 여객선을 타야 한다. 정기여객선이 없는 섬은 낚시꾼들이 이용하는 낚싯배를 타기도 한다. 이 섬에서 저 섬으로 건너가는 경우도 있고, 육지로 빠져나올 때는 처음 출발한 항구가 아닌 전혀 다른 곳으로 나오는 경우도 있기 때문에 차를 몰고 가기는 어렵다. 잠자리도 문제다. 작은 섬에는 숙박시설이 없는 곳이 많다. 날이 저물면 아무 집에나 가서 하룻밤 재워달라고 부탁해야 하는 경우가 많다. 그래서 찾기 시작한 곳이 섬에 있는 암자다. 시주를 조금 하면 하룻밤 재워주고 아침밥까지 챙겨 주므로 아주 경제적이고 독특한 경험을 할 수 있어서 좋았다.

이순신 장군의 자취를 더듬는 작업이 대충 마무리되자 이번에는 아예 섬에 있는 암자를 찾아 나서기로 마음먹었다. 2005년에는 한 달에 한 번씩 암자나 절이 있는 섬을 다녀와서 월간 '불광'에 1년간 기고하기도 했다. 그 후에도 여행은 계속되었으며 지난달에 전남 완도군에 있는 생일도 학서암을 끝으로 섬에 있는 암자 기행을 마무리하고 그간의 원고를 모아 책으로 엮어 본다.

돌이켜보면 힘든 여정이었지만 섬 기행은 내 인생에 있어서 잊을 수 없는 추억이다. 외딴 섬에서 만난 순박한 사람들이나 암자에서 만난 수행승들과의 인연은 내 영혼을 훌쩍 살찌게 했다. 스님과 단둘이 새벽예불을 올릴 때의 그 장엄했던 기억은 오랫동안 잊을 수 없을 것 같다. 그림자를 벗 삼아 철저히 홀로 다녔던 여정은 어쩌면 구도의 길이었다. 구도의 길에 서 있는 방랑자는 스스로 시인이 되기도 하는 것일까. 섬에 가면 그 감흥을 누를 길 없어 간간히 써 두었던 시를 여기 함께 싣는다.

섬으로 가는 길은 요즘 인터넷에서 검색하면 자세히 나오므로 이 책에서는 별도로 언급하지 않았다. 이 책을 내는 데 도움을 주신 모든 분들께 감사의 말을 전한다.

오늘도 그 섬에 가고 싶다…….

2009년 4월
이봉수

연화도 보덕암에서의 하룻밤

🌸 바다 위에 핀 한 송이 연꽃

지혜를 갈구하는 섬 욕지欲知의 바다 위에 핀 한 송이 연꽃인가? 경남 통영시 욕지면 연화리 본촌마을의 연화사는 망망대해에서 고고한 자태를 뽐내고 있다. 동양의 나폴리라는 통영에서 연화도까지는 여객선으로 1시간 10분 정도 걸린다. 한려수도의 물길따라 펼쳐지는 풍광은 억겁의 세월 동안 빚어낸 신의 조각품인가. 천 년 비바람을 견디고 낭떠러지 바위틈에 뿌리내린 모질게도 아름다운 소나무들이 탄성을 자아내게 한다.

겨울 바다의 부처님 인연을 따라 배는 통영항을 미끄러져 나간다. 여기 통영 앞바다 미륵도와 한산도 사이는 약 400년 전 이순신 장군이 왜장 와키자카 야스하루脇坂安治와 일전을 벌여 승리한 한산대첩의 현장이다. 이 근처의 지명치고 이순신 장군과 관련이 없는 곳은 거의 없다. 한산만 입구에 보이는 조그만 섬 해갑도解甲島는 한산대첩에서 승리한 후 장군이 최초로 섬에 올라 갑옷을 빗고 땀을 씻었던 곳이고, 고동산은 망을 보던 병사가 적이 나타나면 수루를 향하여 고동을 불어 신호를 보낸 관측초소가 있었던 곳이다.

🍠 고구마 빼떼기가 반기는 곳

배는 점차 내만을 벗어나 부처님의 자취를 따라 연화도를 향하여 넓은 바다로 나간다. 이 물길은 비진도, 연대도, 오곡도, 부지도 등 그림 같은 섬들이 펼쳐지는 해상 국립공원이다. 배가 부지도를 지날 무렵 객실에서 욕지도에 산다는 순박한 노인 한 분을 만났다. 먼 바다에 떠 있는 섬 이름을 물으며 말을 건넸다. 노인은 손가락으로 하나하나 가리키면서 매물도, 소지도, 구을비도, 좌사리도 등을 자세히 알려 주신다. 굵은 손마디엔 고달픈 삶의 흔적이 남아있어 애처로웠지만 나는 노인의 손가락이 아닌 그 너머 섬을 보려고 애썼다.

서쪽 바다로 해가 기울 무렵 배가 도착한 연화리 본촌마을! 큰 바람이 불어도 끄떡없을 것 같은 북향의 포구마을이다. 첫발을 내디딘 연화도에서 제일 먼저 눈에 들어온 것은 해풍을 맞으며 산비

16

연화도 용머리

탈에 널려 있는 고구마 빼떼기다. 고구마를 얇게 썰어 말리면 딱딱하게 되는데 이것을 남도 사람들은 빼떼기라 한다. 척박한 섬마을에서 구황작물을 재배했던 팍팍한 삶의 흔적이 아직도 남아있다.

부둣가에서 약 5분 정도 걸어가니 고즈넉한 언덕배기에 있는 연화사가 길손을 반긴다. 오후 늦은 시간이라 그런지 경내엔 적막감이 감도는데 대웅전 앞에는 멀리 스리랑카에서 모셔온 부처님의 진신사리를 봉안한 8각 9층탑이 우뚝 서 있다. 홀로 대웅전에 엎드려 경배한 후 계단을 타고 내려와 고무신 한 켤레가 단아하게 정렬되어 있는 방문 앞에 서서 "스님!" 하고 불러보니 인자한 모습의 주지스님이 방문을 열고 맞아주신다.

구도 여행

호젓한 구도여행을 떠나
달빛 교교한 바닷가
절벽에 매달린 아슬아슬한 암자에서
하룻밤 뜬눈으로 지새우고 싶다.

철썩
갯바위를 때렸다가
쏴
빠지는 파도소리
심원한 우주의 숨소리에 맞춰
밤새 심호흡을 하며
아무것도 바라지 않는 기도를 하고 싶다

날숨을 타고 바다 속 물고기가 되었다가
들숨을 따라 다시 가슴 속에 바다가 들어오면
끊임없이 밀고 당기는 파도로 부서져
달빛 함께 벼랑 끝에 매달려
퍼렇게 밤을 새워야겠다.

일몰의 용머리

🌸 풍광과 역사의 향기 빼어난 보덕암

스님은 산 너머 바다가 보이는 곳에 최근에 보덕암普德庵을 준
공하여 낙성식을 마쳤으니 거기로 가서 우봉 스님을 만나보고 하
룻밤 묵고 가라 하신다. 노을 지는 산꼭대기에 올라서니 일시에
망망대해가 나타나고 통영팔경의 하나인 연화도 용머리가 노을에
반사되어 황금빛으로 빛나고 있었다. 2004년 11월 3일에 낙성식을
했다는 보덕암은 깎아지른 절벽 위에 아슬아슬하게 매달려 있다.
암자 동쪽의 조그만 언덕에는 해수관음상이 자비로운 미소를 지으
며 먼 바다를 보고 서 있고, 뒤로는 임진왜란 때 적이 나타나면
큰 깃발을 올려 연대도에 있는 봉화대와 교신하여 수군 통제영에

알렸다는 깃대봉이 자리 잡고 있다.

　암자 주변을 둘러보고는 우봉 스님을 만났다. 예를 올린 후 스님께서 손수 끓여주시는 녹차를 마시며 나누는 이야기는 어느덧 조선시대로 거슬러 올라간다. 서울의 실리암에 계시던 고승 한 분이 연산군의 박해를 피해 1496년경에 성운, 성연, 성월이라는 세 명의 비구니 제자와 함께 이곳 연화도로 들어왔다고 한다. 스님은 연화도의 토굴에서 수행 득도하여 열반에 드시면서 자신의 시신을 바다에 수장할 것을 유언하였고 제자들이 스승의 뜻을 받들어 수장하자 바다에서 큰 연꽃이 피어올랐다 한다. 그래서 스님을 연화도인이라 불렀다.

　그 후 약 70년이 지난 후 사명대사가 또다시 비구니스님 세 분과 함께 이곳 연화도에서 수행을 했다니 기막힌 인연의 섬이 아닐 수 없다. 임진왜란이 임박했을 때 사명대사는 육지로 나왔으나 보운, 보련, 보월 세 명의 비구니스님은 연화도에 그대로 남았다 한다.

　임진왜란이 터지자 이들 세 스님은 이순신 장군을 도와 해전 현장을 따라다니며 전법을 알려주고 거북선 건조법을 알려주었다는 이야기가 전해온다. 가사를 걸치고 바다에서 신출귀몰하면서 왜군을 무찌르는 것이 마치 붉은 구름이 피어나는 것 같다 하여 이들을 자운선사紫雲禪師라 불렀다 한다.

연화도 보덕암

저녁 예불을 마치고 보덕암의 적막한 방에 홀로 앉아 창문을 통해 내다보는 밤바다는 별천지였다. 교교한 달빛이 바다에 반사되어 창문을 두드리는데, 안도현 시인이 노래한 것처럼 나는 하나의 섬이 되어 밤새 뜬눈으로 지새울 수밖에 없었다. 수평선에 개똥벌레처럼 유영하는 고기잡이배들의 불빛이 희미해질 즈음 방에 걸려 있는 액자의 글이 눈에 들어온다. '〇是甚麽', 고산 큰스님의 휘호였다. 이 뭣고? 이 뭣고……. 순간 도량석을 도는 청아한 목탁소리가 산과 바다에 울려 퍼진다.

새벽예불을 마치고 통영으로 나오는 첫배를 타기 위해 보덕암을 떠나오는데 남해바다의 일출이 멀리 소지도 뒤편에서 장관을 연출한다. 구름을 뚫고 나타난 빨간 점 하나가 시계 초침보다 빠른 속도로 솟아오르며 아침바다를 붉게 물들이는 것이 아닌가. 연화봉 신등성이에 우뚝 신 부처님의 진신사리를 모신 삼층석탑이 아침 햇살을 받으며 영롱하게 빛을 발하고 있었다.

미래불이 오실 섬 미륵도

🍎 동백꽃의 섬

동백꽃이 있어 더욱 정겨운 남도의 겨울은 통영시 미륵도에서
그 절정의 꽃망울을 터뜨리고 있다. 통영대교를 건너면 한산도와
마주보고 있는 미륵도는 중생을 구원하러 올 미래불이 용화세계를
여실 땅으로 점지한 곳인가. 묘하게도 이 섬에는 미래사와 용화사
가 있다. 밀양 표충사에서 새벽
에 수도하는 자세로 "나 오늘
갈란다"라는 말을 남기고 열반
에 드셨던 판사 출신 스님 효봉
대선사가 출가 후 가장 오래 머
물렀던 섬이 미륵도다.

용화사 효봉 대종사 석상

동백꽃

나무 끝에 잠시 매달렸다가
밟고 지나가시라고
뚝
뚝
차디찬 땅바닥에 피어난
처연한 순정

병은 안으로 깊어
진눈깨비 지나가던 밤
가슴 속 피멍을 객혈한
섬마을 처녀의 상사병이
꽃무리 되어 온 몸으로 뒹굴고 있다

맨정신으로는 헤집고 지나갈 수 없어
길 위에 한참 서 있다가
그냥 퍼질러 앉아
차갑게 붉은 꽃
한 잎 한 잎 만져보고는
먼 바다를 바라보며 홀로 울다가
그래 또 웃다가

결국은 한 송이 낙화가 되어
꽃그늘 속에 묻혀
미친놈처럼 넋 놓고
한나절을 앉아 있었네.

한산대첩의 현장

❦ 임진왜란의 흔적

1592년 임진왜란이 발발했을 때는 이 섬 주변에서 수많은 전투가 있었다. 섬을 한 바퀴 도는 23km의 산양 일주도로를 타고 돌아보면 그날의 흔적이 아직도 생생하게 남아있다. 통영시내와 미륵도 사이의 협소한 해협을 이 고장 사람들은 판데목 혹은 송장목이라 하는데 한산대첩에서 이순신 장군에게 쫓긴 왜군이 여기 좁은 수로를 파헤치고 도망치다 떼죽음을 당한 곳이라 해서 붙인 이름이다.

통영대교를 지나 우회전하여 산양읍 삼거리에서 약 5분 정도 차를 달리면 삼덕리라는 눈부신 포구마을이 나타난다. 욕지도 가는 카페리가 있는 삼덕항은 임진왜란 때 당포해전이 있었던 곳이다. 이순신 함대가 왜장 가메이 코레노리를 사살하고 적선 21척을 격파한 역사의 현장이다. 마을 뒷산에 있는 당포성지에는 고려 공민왕 때 왜구의 침략에 대비하여 쌓은 성곽의 흔적이 남아있고 지금 복원공사가 한창이다. 당포를 지나 해안포구를 끼고 도는 일주도로에 심어놓은 동백 가로수에는 한겨울임에도 애절하게 붉은 꽃망울이 닥지닥지 매달려 있다. 도요토미 히데요시의 야욕 때문에 이국땅에서 불귀의 객이 된 가련한 영혼들을 위로라도 하듯이……

❀ 한산대첩이 있었던 곳

차를 달려 중화리와 연명 예술촌을 지나면 한려수도의 수많은 섬들이 한눈에 들어오는 달아공원이 나온다. 여기서 바라보면 멀리 욕지도와 연화도, 추도, 두미도가 맑은 겨울바다에서 손에 잡힐 듯 다가온다. 달아공원을 지나 미륵도 남단의 척포를 돌아 동쪽 해변을 따라 새바지(신전리) 쪽으로 올라가면 건너편 한산도의 문어포 마을이 지척에 나타난다.

여기 이 바다는 1592년 8월 14일(양력) 학익진을 펼친 이순신 장군이 승리한 한산대첩의 현장이다. 속칭 삼칭이 마을에는 이 고장의 의병장 탁연 장군이 바위섬에 돛을 달아 군함처럼 보이게 하

미륵도 전경

여 왜군을 기만하고 이순신 장군을 도왔다는 돛단여(괘범도)가 숱한 세월의 파도에 씻기면서도 지금까지 그날의 역사를 전하며 우뚝 서 있다.

🌱 용화사와 효봉 선사의 발자취

이처럼 전란의 역사를 간직한 미륵도지만 봉평동의 미륵산 입구로 들어서면 고요하고 아늑한 남국의 불국토로 들어가는 관문을 만나게 된다. 우리나라 선불교의 역사에 한 획을 그었던 석두, 효봉, 구산 스님의 발자취가 남아있는 용화사가 있다. 마음의 짐을 내려놓고 쉬고 또 쉴 수 있는 아주 편안한 도량이다. 봉평동 버스 종점에서 걸어서 10분 정도 올라가면 용화사가 바로 그곳. 신라 선덕여왕 때 은점 화상이 절을 지어 정수사라고 했다가 고려 원종 원년에 산사태가 나자 자윤, 성화 두 화상이 자리를 옮겨 짓고 절 이름을 천택사라고 했다. 그 후 조선 인조 6년에 화재로 소실되자 벽담 선사가 현재의 자리에 용화사를 중창했다고 한다. 명부전 영각에 모셔진 효봉 선사의 영정 앞에 서니, 마지막 순간까지 "무라! 무라……" 하시며 치열한 화두정진을 했던 스님의 모습이 오히려 이웃집 할아버지처럼 친근하게 느껴지는 연유는 무엇일까?

용화사 경내에 있는 아쇼카 양식의 불사리 4사자 법륜탑을 돌아본 후 종각을 지나 숲 속으로 난 오솔길을 따라 조금 올라가면 소나무 향기 그윽한 곳에 효봉 대종사 석상이 있다. 언젠가 화가 이중섭이 통영의 용화사로 와서 스님을 만나 뵙고는 "차암 맑으신 분이더라"고 한 이유를 이 조각상을 보니 알 것 같다.

✿ 미륵불이 오실 미래사

용화사를 지나 미래사로 넘어가는 오솔길은 울창한 원시림의 소나무와 전나무가 자라고 있어 섬이라는 생각은 들지 않고 마치 지리산 자락의 심산유곡에 들어와 있는 듯한 착각에 빠지게 한다.

고개를 넘어 산허리를 감고 돌면 띠밭등이라는 공터가 나오는데 여기서 바라보면 한산도를 비롯한 한려수도의 수많은 섬들이 한눈에 들어온다. 띠밭등에서 다시 한 굽이 돌아서면 미래사가 있다.

미래사로 들어서는 문에는 미륵불인 삼회도인이 찾아와 들어설 문이라 하여 '삼회도인문'이라는 현판이 걸려 있다. 한겨울인데도 경내로 들어서면 밝고 따뜻하고 편안하다는 느낌이 든다.

주지스님인 여진 스님과 차를 한 잔 하면서 미래사의 내력을 여쭈어 보니 의문이 풀렸다. 1951년에 구산 스님이 노스님과 은사 스님이었던 석두 스님과 효봉 스님을 위하여 토굴을 지은 이래 30여 년 동안 중창을 거듭하여 오늘에 이르렀다 한다. 효봉 스님과

구산 스님은 이 절터를 찾기 위해 미륵산을 일곱 번이나 돌았다
한다.

　미래사는 공부하는 스님들이 몸이 안 좋을 때 찾아와 자기 공부
를 챙기면서 편히 쉴 수 있게 배려한 절이다. 그래서 전각도 대웅
전 하나뿐이며 산신각이나 칠성각 등이 없으며, 용왕제도 지내지
않고 오직 부처님 한 분만 모신다고 한다. 여진 스님은 남국의 따
사로운 햇볕을 받으며 사람들이 쉬어갈 수 있게 건물 바같으로 쪽
마루를 달아낸 것도 깊은 뜻이 있다고 말한다. 아늑한 양지밭에서
남해 바다를 조망하고 있는 미래사는 그 자체가 하나의 용화세계
였다.

미래사

불모산이 있는 섬 사량도

봄이 오는 섬

매서운 추위가 지나간 겨울의 끝자락에 서 있는 남도의 섬엔 벌써 봄소식이 전해지고 있다. 겨울이 길고 추위가 매서울수록 매화 향은 더욱 짙은 법인가. 사량도의 불모산 자락에는 매화가 짙은 향기를 머금고 꽃망울을 터뜨렸다.

이에 뒤질세라 바닷가 마늘밭에는 싱싱한 마늘이 파릇파릇 물이 올라 봄을 재촉하고 있다. 삭막한 도시에서 살아가는 소박한 범부들도 이맘때쯤이면 비발디의 '사계'를 들으며 한 마리 나비되어 유채꽃 만발한 남국의 섬마을로 달려가는 꿈을 꾸지 않을 수 없으리라. 이런 유혹을 뿌리칠 수 없어 휴일을 이용하여 따뜻한 남쪽나라 사량도로 내달렸다.

사량도로 가는 물길은 가히 그 아름다움의 극치를 이루는 한려수도의 통영시 구간이다. 나그네를 실은 '2000 사량호'가 통영 여객선 터미널을 출발하여 통영대교 아래의 좁은 해협을 빠져나가자 북쪽으로 호수와 같이 잔잔한 고성군 자란만이 펼쳐진다.

자란만은 음력 2월 영등철이면 감성돔이 알을 낳으러 오는 곳으로 어자원이 풍부한 수산자원의 보고다. 멀리 양식장의 하얀 부표들 너머로 북쪽 해안을 따라 보이는 삼천포 화력발전소 근처에는 공룡발자국 화석이 있는 상족암이 있다. 그 오른쪽의 고성군 하일면 동화리는 임진왜란 당시 소비포라 불렸던 곳으로, 이순신 장군이 제1차 출전 때 거제 옥포 해안에서 노략질을 일삼는 왜군들을 치러 가면서 하룻밤 정박하고 지나간 아름다운 포구마을이다.

❦ 역사와 전설의 고장

해거름 햇살을 안고 배가 사량도로 접근해 들어가자 병풍처럼 생긴 거대한 산이 역광으로 우뚝 버티고 서 있는 모습이 당당하기만 하다. 저 멀리 은빛으로 반사되는 물결 위엔 추도와 두미도가 확연하고, 남쪽 태평양 쪽으로는 욕지도와 연화열도의 수많은 섬들이 저마다 아름다운 자태를 뽐내고 있다. 사량도는 경남 통영시 사량면에 속하는 유인도로 상도와 하도 두 개로 이루어져 있으며 산세가 험준하고 수많은 전설과 역사를 간직한 섬이다.

고려 말에 최영 장군이 사량도에 진을 두고 왜구를 물리친 것을 기리기 위해 진촌 마을에는 최영 장군 사당이 있다. 임진왜란 때에는 이순신 함대가 전라좌수영인 여수를 출발하여 경상도 해역으로 출동할 때 반드시 사량도를 거쳐 갔었다. 이곳 사량도 금평리는 이순신 장군이 당포해전에서 승리하기 하루 전날인 1592년 7월 9일(양력) 함대를 정박시켜 적의 동태를 살피고 정보를 수집하면서 하룻밤 자고 간 곳이다.

금평리 진촌마을

옥련암 토굴

🍎 토굴에서의 하룻밤

배는 사량도 아랫섬의 양지리와 덕동을 경유하여 윗섬의 금평
리에 도착했다. 첫발을 내디딘 금평리 진촌 마을! 예전엔 한적한
섬마을이었으나 옥녀봉과 지리망산(智異望山, 일명 사량도 지리산)을
등반하려는 등산객들의 발길이 잦아지면서 노래방과 여관까지 생
겨 부산한 포구로 변해버린 곳이다. 날이 저물기 전에 거처를 정
하기 위해 옥녀봉 아래의 암자인 옥련암으로 가려고 스님에게 전
화를 하니 시원한 목소리의 스님이 선착장까지 손수 마중을 나오
셨다.

옥련암은 말이 암자이지 수행자가 기거하는 토굴 움막이다. 들어서는 입구에서 주인은 내게 이곳은 누추하여 철저한 하심下心을 하지 않고는 머물기 어려운 곳이라 하셨지만, 사람 사는 곳은 어디나 비슷하지 않겠느냐고 응답하면서 흔쾌히 토굴로 들어섰다. 나그네를 위해 주인은 토굴 방에 장작불을 때어 잠자리를 마련해 주시고 밥도 손수 지어 주셨다. 일거수일투족이 수행자의 모습이라 나도 모르게 고개가 숙여졌다.

❦ 옥련암

주변을 둘러보니 바다 가운데 이토록 험준한 산세가 있는 것이 기이하다. 가련한 옥녀의 전설이 있는 옥녀봉, 시집갈 때 타고 가는 가마처럼 보이는 가마봉, 용이 살았다는 용굴이 있는 불모산佛母山, 그 아래 옥련암이 있다. 사량도는 전체 섬의 모습이 용의 형상을 닮았다 하여 아주 옛날에는 용태도龍胎島라 불렀다 한다. 그런데 타 지역 사람들이 여기서 큰 인물이 많이 날 것을 시기하여 용을 뱀으로 바꿔 섬 이름을 사량도蛇梁島라 고쳤다고 스님이 귀띔해 주셨다.

저녁노을에 반사되어 빛나는 기암괴석들을 올려다보니 탄성이 절로 나왔다. 모두가 살아있는 자연불이다. 스님의 설명을 들으며 다시 찬찬히 바위들을 바라보니 그 속에는 미륵불, 지장보살, 관세음보살, 약사여래불의 형상이 다 들어 있는 게 아닌가. 이 산의 이름이 왜 불모산인지 늘어선 바위들이 말없이 일러주고 있다.

적막한 토굴의 황토방에서 따뜻한 흙냄새 맡으며 하룻밤 단꿈을 꾸고는 스님과 단 둘이서 부처님 전에 새벽 예불을 올렸다. 상쾌한 공기를 마시며 하늘에 총총히 박힌 수많은 별을 본 지도 이얼마 만이던가. 무명에 잠든 중생들을 깨우는 청아한 목탁 소리가 산과 바다에 울려 퍼진다.

옥련암 돌탑

아침나절에 섬을 한 바퀴 도는 일주도로를 따라 돈지리 쪽으로 돌아가니 멀리 세존도가 가물거리고 남해도 금산과 미조가 손에 잡힐 듯 다가선다. 바다는 거리를 측정하기 어렵다지만 이렇게 가까이 금산 보리암이 다가설 줄은 몰랐다.

아! 이 근처 바다는 모두 부처님의 법이 전해진 곳이구나.

❧ 옥녀봉의 전설

돌아오는 길에 옥동 마을 뒷산으로 올라가 벼랑을 오르내리며 옥녀봉 방향의 산등성이를 타니 남북으로 모두 찬란한 바다와 섬 밖에는 눈에 들어오는 것이 없었다. 사다리와 줄에 의존하여 험준한 가마봉을 넘어 옥녀봉에 섰다. 어릴 때 어머니를 여의고 동냥젖을 얻어먹으며 자란 옥녀가 예쁜 처녀로 성장하자 천륜을 저버린 아버지가 옥녀를 범하려 했던가 보다. 그러자 옥녀는 여기 아슬아슬한 봉우리에 올라 몸을 날렸다는 슬픈 전설이 있는 곳이다.

이상하게도 옥녀봉 주위로 그날 까마귀 한 마리가 슬피 울면서 맴돌고 있었다. 옷깃을 여민 채 잠시 벼랑 끝에 서서 옥녀의 극락 왕생을 빌어주었다.

하산하는 길에 보니 능선을 기준으로 확연한 경계를 이루면서 북쪽 대항 해수욕장에는 아직도 바람이 찬데 남쪽 사면에는 매화

마늘밭

가 꽃망울을 터뜨리고 해변의 마늘밭에는 이미 봄이 와 있었다.
길고 지루한 겨울의 터널을 빠져나온 봄의 교향악은 이미 사량도
언덕바지에 울려 퍼지고 있다.

옥련암에서

영등철 사량도 지리산에 서니
저 멀리 연화열도 건너온 봄이
감성돔 알 낳는 고성군 자란만을 지나
물밀듯이 남일대해수욕장으로 상륙하고 있다

금평리 진촌마을 불모산 자락엔
꿈같은 아지랑이 사이로 비발디가 날아와
장다리꽃 밭고랑마다 호접몽을 꾼다

옥녀봉 벼랑 끝에도 봄은 매달렸지만
여태 겨울 까마귀 한 마리
슬픈 옥녀의 전설을 물고
까악까악 맴돌고 있다

버리고 들어선 옥련암에서
가장 낮지만 따뜻했던 하룻밤은 가고
새벽 하늘을 가르는 목탁소리에
천길 벼랑에 부서진 꽃봉오리 하나
옥녀는 훨훨 순백의 천사가 된다.

완도 신흥사

🍎 완도로 가는 길

알을 밴 보리가 함초롬히 이슬을 머금고 완연한 봄이 왔음을
알리는 계절이다. 싱그러운 봄을 느끼려면 생명력으로 출렁대는
보리밭에 가봐야 한다. 끝없는 보리밭을 보기 위해 남으로 남으로
달렸다. 나주를 지나 영암 땅에 이르니 간간이 논보리가 파랗게
자라는 풍경이 펼쳐진다.

바다를 건너 도미노처럼 질주해 오는 봄은 이미 땅끝마을에 당
도해 있다. 완도로 들어가는 다리 위에서 내려다본 개펄에는 진초
록의 파래가 포구의 봄기운을 더해주고 있다. 완도는 해상왕 장보
고가 일찍이 청해진을 설치하고 해상무역의 거점으로 삼았던 섬이
다. 다도해라는 이름에 걸맞게 완도군에는 수많은 섬들이 있다.
이름만 들어도 마음이 설레는 신지도, 고금도, 약산도, 청산도 등

그림 같은 섬들이 널려있는 고장이다.

🍎 이순신 장군의 고금도를 찾아

내 가슴 속에는 언제나 하얀 파도가 부서지는 바다와 섬이 있기에, 완도 시외버스 터미널에 도착하자마자 비릿한 갯내음이 원시적 본능을 자극하는 바닷가 부두부터 찾았다. 완도에서 하룻밤 자고 아침 일찍 청산도로 들어가기로 하고, 우선 서너 시간 안에 갔다 올 수 있는 고금도행 배표를 끊었다. 고금도와 붙어있는 묘당도는 이순신 장군이 1597년 10월 26일(양력) 명량해전에서 승리한 후 잠시 목포의 고하도에 머물다 1598년 3월 23일 이곳으로 진을 옮겨 최후의 노량해전을 준비했던 섬이다.

배가 완도항을 뒤로하고 신지도와 연결하는 다릿발 아래로 빠져나오니 멀리 고금도와 약산도를 연결하는 '약산다리'가 가물거린다. 15분 정도 걸려서 도착한 고금도 상정리 선착장! 배 위에서부터 말동무가 된 동네 꼬마들에게 길을 물어 충무리에 있는 '묘당도 이충무공 유적'을 찾아 나섰다. 한때 이순신 장군을 따라 몰려든 피난민들이 둔전을 경작하였고 가구 수가 일만 호를 넘었었다는 고금도는 지금도 농지가 다른 섬에 비해 많은 편이다.

이순신 장군의 영을 모신 충무사에 참배하고 그 맞은편 언덕에

고금도 전경

있는 '이충무공 가묘 유허' 앞에 서니 400년의 세월을 뛰어넘어 충무공이 다시 나타나실 것만 같았다. 노량해전에서 순국한 공의 유해를 아산으로 이장해 갈 때까지 여기 바다가 보이는 묘당도 언덕에 가묘를 만들어 임시로 모셨다고 한다.

묘당도는 매립으로 인해 고금도와 붙어버렸지만 자세히 보면 매립의 흔적이 남아있고 예전에 바다였던 자리엔 지금도 갈대가 자라고 있다. 갈대밭 사이사이에는 억센 삶을 살아가는 아낙네들이 양식한 미역을 봄바람에 말리는 아름다운 풍경이 펼쳐지고 있다.

🍎 완도 신흥사

어둑해질 무렵에 완도읍으로 다시 돌아와 미리 연락해둔 신흥사 주지스님께 전화하니 방을 하나 비워두었으니 빨리 와서 부처님께 기도도 하고 하룻밤 묵고 가라 하신다. 공양주 보살님의 따뜻한 배려 덕분에 늦은 시간이지만 부처님 전에 108배를 하고 따뜻한 방에서 여독을 풀 수 있었다. 이른 아침 새소리에 잠을 깨고는 절 주변을 둘러보니 완도항이 한눈에 내려다보이는 예사롭지 않은 자리에 신흥사는 자리잡고 있었다. 그런데 유서 깊은 사찰 바로 뒤에 어울리지 않게 커다란 송신철탑이 들어서 있는 것이 못내 아쉬웠다.

완도 신흥사

    날이 새자 행장을 챙겨 아침 8시 10분에 출발하는 청산도행
배를 타기 위해 연안여객선 터미널로 향했다. 터미널 앞 기사식당
에서 백반을 하나 시켰더니 봄의 향취가 물씬 풍기는 맛난 반찬이
열 가지도 더 나오는 것이 아닌가. 밥상 하나만 보아도 완도 땅의
인심을 한눈에 알 수 있었다.

홀로 있기

인사동 학고재 골목에서 막걸리 한 잔 놓고
시인과 화가를 만나면 시끌벅적 살맛이 나지만
푸른 달이 지나가는 외딴 섬에서
대나무 사이로 스치는 바람소리 들으며
서걱서걱 홀로 밤을 새워도
뼈저리게 아름다울 때가 있습니다

복잡하지 않으면 우울증에 걸리는 사람들
남자 자식들도 수다를 떠는 세상에
가서 부둥켜안고 쉴 수 있는
섬 하나 있다는 것이 얼마나 큰 위안입니까

사람을 좋아하는 사람일수록
가끔은 외딴 섬이 되어
혼자 있어 봐야 합니다
혼자 있어도 외롭지 않아야 합니다.

명상의 섬 오곡도

🍎 외로운 섬

오곡도라는 섬이 어디 있는지 아는 사람은 많지 않다. 경남 통영시 남쪽에 있는 유명한 해수욕장이 있는 비진도와 서쪽으로 마주보고 있는 섬이 오곡도烏谷島다. 섬의 모양이 까마귀를 닮았다고 해서 붙인 이름이다. 정부에서 운항 경비를 보조해 주는 여객선이 하루에 단 한 번 지나가는 오곡도는 외롭기 그지없는 섬이다. 한때 2개 마을에 약 50가구가 살았고 초등학생들이 다니던 분교와 전경초소까지 있었던 섬이었지만 사람들은 육지로 떠나버리고 지금은 겨우 노인들만 5~6가구 살고 있다. 그래도 위안이 되는 것은 최근에 불교학을 전공한 사람들이 오곡도에 둥지를 틀고 명상수련원을 세웠다.

오곡도

조개 잡던 처녀들
육지로 떠난 자리에
폐 분교 하나
아이들 노래 소리 풀꽃에 묻혀버린 곳
정부 보조 여객선이
하루에 한 번 지나가는 섬

늙은 어부 몇이 남아
올해도 당산나무에 금줄을 치고
사람 산다고
유인도라고
절규하는 섬

몇 년 만에 해군홍보단이 오면
고물단지 트랜지스터라디오를
소리 나게 해달라고
허물어진 마을회관
국기게양대를 고쳐달라고
매달리는 섬

그 섬에 가면
차마
외로움이란 말을 지껄여선 안 된다.

오곡도는 내게 인생의 전기를 맞게 해준 섬이다. 오래 전에 우연히 들렀던 오곡도에서 홀로 사는 노인 한 분을 만나 아버님으로 모시고 지내온 세월이 엊그제 같은데 그 분은 2003년에 들이닥친 태풍 매미와 함께 세상을 등지고 말았다. 그래서 오곡도는 내게 애절한 추억이 있는 섬이다. 폐가가 된 토남십을 수리하여 베이스캠프로 정하고 시간 나는 대로 근처에 있는 이순신 장군의 해전 유적지를 답사한 것도 모두 오곡도와의 인연 때문이었다.

❦ 오곡도 가는 길

시절은 돌고 돌아 다시 계절의 여왕이 연초록의 미소를 짓고 있는 섬 오곡도로 향했다. 미륵도 최남단에 있는 포구마을 척포에서 오곡도로 들어가는 낚싯배 동백호를 탔다. 단골로 다니다 보니 동백호 선장은 이제 눈길만 마주쳐도 서로의 마음을 알아보는 사이가 되었다. 썰물이 잡힌 선착장 앞에는 조개를 캐는 여인들의 손길이 바쁘다. 물질적으로 풍요롭지는 못하지만 정겨운 포구마을의 모습은 내게 진정한 행복이 무엇인지 상념에 젖게 했다.

오곡도 선착장에 내려 마을로 오르는 길은 가파른 경사의 계단길이다. 막바지 동백꽃 낙화가 붉은 융단을 깔아버린 오솔길로 접어드니 봄바람을 타고 날아온 계절의 진객이 나그네의 발길을 멈

오곡도 할머니

추게 한다. 작년 이맘 때 보았던 휘파람새가 시간과 장소에 한 치의 오차도 없이 다시 찾아와 자지러지게 노래하고 있다. 귀 기울이는 것만큼 들린다고 해야 할까. 먼 파도소리와 어우러진 자연의 소리는 그 어떤 교향악보다 감동적으로 몰려오고 있다.

동네 입구로 들어서니 어촌계장님 집 앞에서 염소 한 마리가 반갑게 인사를 한다. 낮에는 방목을 하고 밤이면 집으로 몰고 오는 놈인데 사람만 보면 멀뚱한 눈으로 쳐다보며 "음메……" 하고 아는 척을 한다. 외로움에 익숙해진 염소마저도 여기 외딴 섬에서는 사람이 무척 그리운 모양이다.

아기 염소

외딴 섬 오곡도의 풀밭에는
아기 염소들이 산다
지난 동짓달에
서울 사는 여편네들이
어미를 중탕해서 먹고 난 후
새끼들만 남았다

음메 에헤헤헤헤헤헤
하고 불러보니
목청을 높여
옴메 에헤헤헤헤헤헤
하면서 달라붙는다
모두 젖먹이들이다

아침 바다에 검붉은 일출이 장관인데
서쪽 하늘 앙상한 나뭇가지엔
아직도 지지 못한 허연 아침 달 하나
애처로운 새끼들의 울음을 듣고 있다

옴메
옴메
옴메 에헤헤헤…….

늙은 섬

섬에서 태어나 섬으로 시집와
늙은 섬이 되어 버린 할머니
해가 뜨면 일하고
달이 뜨면 잠든다

바다와 이야기하고
염소와 장난을 치는
저 늙은 섬 앞에 서면
목걸이 같은 지식은 꺼내지 말고
귀걸이 같은 종교도 들먹이지 말라

그냥 그대로 그렇게 사는
저 늙은 섬 앞에 서면…….

홀로 사는 할머니 집에 들러 인사를 나눈 후 내가 직접 꾸미고 가꾼 토담집으로 들어섰다. 울 밑에는 온갖 꽃들이 깨알 같은 새싹을 움틔우고 있고 텃밭에는 상추와 부추가 싱그러움을 더하고 있다.

토담집

🍎 토담집 별장

언제부턴가 나는 이곳을 '토담집 별장'이라 부른다. 별장이라 하지만 이곳에 오면 불편을 감수해야 하고 단순해지는 연습을 해야 한다. 배고프면 먹고 목마르면 석간수 샘물을 퍼 마시고 잠이 오면 장작불을 땐 방에 누워 코를 골면 그만이다. 그러나 일하지 않으면 먹지도 말라 一日不作 一日不食는 말처럼 철저한 육체노동을 해야 살 수 있다.

두레박질을 하여 동네 공동우물에서 물을 길어 와야 감로수를 맛볼 수 있고 텃밭의 잡초를 뽑아야 풍성한 유기농 야채를 먹을 수 있다. 그래서 토담집 별장은 가장 정직한 자연의 섭리가 작동하고 있는 곳이다.

56

🍎 명상수련원

마당에 서서 바라보니 비진도 너머로 멀리 가왕도와 대덕도가 보인다. 어디로 가는지 긴 궤적을 늘어뜨리고 느림보 상선 한 척이 넓은 바다로 나서고 있다. 상선이 가는 남쪽으로 오솔길을 따라 산허리를 가로지르면 아랫마을이 나온다. 아랫마을에는 폐교가 된 분교를 개조하여 만든 '오곡도명상수련원'이 있다.

「길을 걷는 자 너는 누구냐」라는 책을 펴내어서 많은 사람들에게 화두를 던진 불교학자와 수행자들이 사는 곳이다. 아랫마을로 가는 오솔길에 무수히 핀 야생화들이 "그래, 너는 누구냐?"라고 묻고 있었다.

산 위에서 바라본 명상수련원

진리와 자비의 섬 거금도

🍎 역사를 간직한 섬 거금도

거금도로 가려면 고흥반도 끝자락에 있는 녹동 항에서 배를 타야 한다. 고흥 땅은 우리나라의 농촌풍경이 제대로 보존되어 있는 곳으로 토종 농산물을 지키는 향수의 녹색벨트라고나 할까. 풋풋한 마늘밭과 보리밭, 여기저기 모내기를 하는 목가적 풍경이 나그네의 마음을 넉넉하게 하는 고장이다. 어디선가 서편제 가락이 들려올 것만 같은 남도의 정서가 고스란히 남아있는 곳이다.

거금도는 행정구역상 고흥군 금산면에 속하는 유서 깊은 섬으로 주민들은 농업과 어업을 겸하고 있으며 김, 굴 등의 양식업을 많이 한다. 청동기시대부터 사람이 살았다는 증거로 곳곳에 지석묘가 산재해 있다. 조선시대에는 절이도折爾島라 했으며 말을 기르는 목장의 하나로 사용되었던 섬으로 지금까지도 목장성의 흔적이 남아있다. 정유재란 때인 1598년에 이순신 장군이 절이도 북방에서 왜군과 전투를 벌여 서진해 오는 왜군의 배 50여 척을 격파한 역사를 간직한 곳이기도 하다. 금산면 신촌리의 고라금 해수욕장에서 바라보면 멀리 금당도가 보이는데 이 근처 바다가 바로 절이도 해전의 현장이다.

고라금 해수욕장

송광암에서

물질에 지친 정신을 앞세우고
구름 위에 홀로 사는 산승을 만나러
장맛비 뚫고 길을 나섭니다

오솔길엔 맛물이 터지고
풀꾹 풀꾹 풀꾹새 소리
비에 젖어 애절한데
그리운 암자는 안개 속에 있습니다

세상 일 잠시 접고
그대를 만나러 가는 길 위에서
언뜻 언뜻 나를 보았습니다

죽음과 우주를 놓고
푸른 눈으로 주고받은 이야기들
거금도 송광암 이우선원泥牛禪院에서
번개처럼 지나버린 하룻밤

이제 저잣거리로 내려와
다시 아득한 구름 위 그대를 바라봅니다.

송광암

🍎 송광암 가는 길

토요일 저녁 7시 반에 출발하는 카페리 도선을 타고 거금도로
향했다. 노을 지는 녹동항의 방파제를 빠져나오니 소록도와 거금
도 사이의 물길인 거금수도居金水道가 노을빛으로 물든다. 환우들
을 보살핀 사랑의 섬 소록도 해변을 끼고 내려가니 금세 진리와
자비의 섬 거금도가 나타난다. 녹동을 출발하여 약 20분 정도 지나
서 거금도의 관문인 금진항에 도착하니 날은 이미 저물어 버렸다.
만행을 하는 나그네야 발길 닿는 데마다 모두 내 집 아닌 곳이
없지만, 어둠이 밀려오는 황량한 포구에 서니 마음은 이미 송광암

松光庵으로 달음질친다.

　택시를 타고 면소재지가 있는 마을을 지나 산자락을 오르는데 섬이라기보다 깊은 산중이라는 생각이 드는 곳에서 길이 끝났다. 그곳에 꿈에 그리던 송광암이 있을 줄이야. 어둠을 헤치고 당도한 송광암은 섬 속의 섬이었다. 염치없이 밤중에 산문을 두드렸지만 스님들은 반갑게 맞아주셨다. 요사채 건물인 청운당靑雲堂에 마주 앉아 손수 뽕잎차를 달여 주시며 잔잔한 덕담을 해주시는 진호, 현학, 월인 세 분의 스님이 먼 길을 달려온 나그네의 마음을 어루만져 주셨다. 먼저 와 계시던 남자 신도 두 분도 함께 한 자리였는데, 이 분들과는 구도자의 길을 함께 갈 도반이 되기로 약속했다.

　　🌺 하룻밤 수행

　밤이 이슥할 즈음 월인 스님은 우리를 이끌고 별채인 이우선원 泥牛禪院으로 올라가 하룻밤 육신을 눕힐 거처를 마련해 주셨다. 잠자리에 들기 전에 스님은 나 자신이 얼마나 고귀한 존재인가를 일러 주셨다. 수많은 사람들이 나로 말미암아 덕을 보고 있다는 것이다. 오늘 거금도로 들어오면서 차를 타고 밥을 사 먹고 다시 배를 타고 온 것 자체가 수많은 다른 사람들이 먹고 살 수 있게 내가 덕을 베푼 것이란다. 그리고 나는 아무개의 아버지이며 다른 아무개의 남편이고 또 다른 누구의 고모부이고 조카이고……, 그래서 내 한 몸이 수많은 사람들에게 엄청난 의미를 갖고 있다는 것이다. 조그만 방에서 함께 잠을 자면서 스님의 법문을 들었으니 그 인연은 어떻게 설명해야 할지 엄두가 나지 않는다.

새벽 3시에 울려 퍼지는 청아한 목탁소리에 일어나 극락전으로 가서 새벽 예불에 참석했다. 먼 여행길에 육신은 피곤하지만 마음이 이렇게 가뿐할 수가 있을까. 예불이 끝나고 한참을 극락전에 앉아 나 자신을 들여다보니 찬란하게 밝아오는 새날이 전혀 다른 의미로 다가왔다. 경내 곳곳에 꽃망울을 터뜨린 함박꽃도 이미 어제의 그 꽃은 아니었다. 월인 스님이 말씀하신다. 사물을 바라볼 때 욕망이 개입되지 않으면 움트는 나뭇잎 하나도 전혀 다른 차원으로 보인다고…….

🍒 송광암을 떠나오면서

송광암은 고려 신종 3년인 1209년에 보조국사 지눌 스님이 창건한 3송광 중의 하나다. 전설에 따르면 보조국사가 모후산母后山에서 절터를 잡고자 나무로 만든 세 마리의 새를 날렸는데, 한 마리는 현재의 순천 송광사 자리에, 다른 한 마리는 여수 금오도에, 나머지 한 마리는 거금도 송광암에 날아와 둥지를 틀었다는 것이다. 송광암은 용두봉 정상 아래 아담한 곳에 자리하고 있고 부처님을 모신 극락전이 멀리 바다를 향하여 배치되어 있다. 암자 입구에 수백 년 된 느티나무가 자라고 물이 샘솟는 것을 보면 에사로운 절터는 아닌 것 같다. 송광암은 언젠가 꼭 다시 와서 며칠 쉬었다가고 싶은 편안한 절이다. 거우 하룻밤을 묵고 떠나오는데도 자꾸만 뒤돌아보아지는 연유가 무엇일까. 본격적인 일철을 맞이한 길가엔 순박한 농부와 어부들의 손길이 바삐 움직이는데, 월인 스님이 차를 몰아 환상적인 해변이 있는 뱃머리까지 배웅해 주셨다.

금진항

불교의 흔적이 안타까운 섬 흑산도

🍎 멀고도 가까운 섬

흑산도는 육지로부터 워낙 멀리 떨어져 있어 접근이 쉽지 않았던 섬이었으나 지금은 쾌속선이 다니는 덕분에 목포항에서 2시간이면 갈 수 있는 곳이다. 무슨 인연의 끄나풀이 잡아당겼는지 불현듯 흑산도로 가고 싶었다. 사전 지식이라고는 특산물로 홍어가 많이 잡히고 정약전 선생이 유배생활을 하면서 『자산어보』라는 책을 썼던 섬이라는 정도만 알고 그리운 흑산도로 향했다.

목포 여객선 터미널에 가면 언제라도 흑산도 가는 배를 탈 수 있을 것이라는 생각은 큰 착각이었다. 주말이라 예약으로 이미 표가 매진되었다는 말을 듣고는 막막하기만 했다. 마음은 이미 그 섬에 가 있는데……. 그러나 뜻이 있는 곳에 길은 있는 법! 매표창구 앞에서 사정하며 해약표가 나오길 기다리고 있는데 홍도 가는

섬으로 가는 길

이것은 탈출이 아닙니다
사람이 싫고 일이 싫어서
도망가는 것은 더욱 아닙니다
넘실대는 자유가 있는
한 점 섬에서 바라보면
육지는 아우성치는 포로수용소입니다

파도가 밀고 댕기는 해변에 앉아
심호흡을 하면
막힌 실핏줄과 경락은 뚫리고
해조음 자욱한 어머니 자궁 속
심연으로 빨려 들어
모두 바다가 되고 맙니다

섬에 가면 아직 사람이 있습니다
보톡스를 맞지 않아도
억지웃음을 짓지 않아도
아름답고 그리운
자연산 사람들이
아득한 어머니 뱃속에 삽니다.

배표가 하나 나왔다기에 홍도까지 갔다가 돌아오는 길에 흑산도에 내리기로 하고 얼른 표를 움켜잡았다. 덕분에 흑산도보다 더 멀리 있는 홍도를 덤으로 구경하는 행운을 안았다.

목포를 떠난 지 한 시간쯤 지나 비금도와 도초도 사이의 다리 아래를 지나니 일시에 넓은 바다가 펼쳐진다. 여기서부터 흑산도까지는 수평선밖에 보이지 않는 망망대해다. 배는 어느새 홍도에 도착하여 수많은 사람들을 내려놓기 시작한다. 갑판으로 나가 잠시 바라본 홍도는 하얀 파도가 부서지는 해식애海蝕崖의 절벽 위에 낯선 아열대 식물들이 수없이 자라는 이국적인 섬이었다.

심리항의 해녀들

흑산도 예리항

💗 광조암과 관음사

오후 4시 반에 목적지인 흑산도 예리항에 도착했다. 시끌벅적한 포구에 내리자마자 인연 따라 발길 닿는 대로 가보기로 하고 관광안내소에 들러 혹시 흑산도에 절이나 암자가 있는지부터 물었더니 샘골이라는 곳에 '광조암'이 있으니 가보라 한다. 고개를 넘어 해변을 따라 한 굽이 돌아서니 바닷가에 광조암이 있다. 주지스님은 출타 중이고 비구승 한 분이 지키고 있는 암자의 법당에 엎드려 108배를 한 후 스님께 예를 올렸다. 스님의 첫 마디가 흑산도에는 불교가 보잘것없다면서 섬은 제법 크지만 제대로 된 절 한 군데

68

없다고 한다. 그래도 한 가닥 희망은 있다면서 수덕사에서 공부한 비구니스님이 계시는 진리 마을의 '관음사'를 소개해 주셨다.

저녁 요기를 하고 숙소를 정할 요량으로 나선 일몰의 예리항은 육지 사람들로 북적대고 있었다. 예전에 조기잡이 파시波市가 섰을 때는 수많은 뱃사람들로 붐비면서 이보다 더욱 흥청댔을 것이다. 민박집마다 빈방 하나 남아있지 않았다. 택시를 타고 건너편의 진리 마을로 향하는데 광조암과 연락이 닿은 관음사의 비구니스님으로부터 잠시 들러도 좋다는 반가운 전화가 왔다. 쏙독새가 울고 개구리 소리 자옥한 곳에 관음사가 있었다. 부처님께 경배한 후 토박이 신도 한 분과 더불어 스님께 많은 이야기를 들었다.

광조암

밤이 깊어 숙소로 내려오는데 계속 귓전을 맴도는 스님의 말씀은, 흑산도 읍동에는 무심사지가 있고 그곳의 삼층석탑이 김해에 있는 김수로왕비 히씨 왕후의 탑과 돌의 재질이 같다는 말을 들었으니 가서 자세히 보라는 것이다. 순간 번개처럼 남해 보리암의 삼층석탑이 떠올랐다.

🌷 무심사지 삼층석탑

무심사지 삼층석탑은 화두처럼 밤새 민박집에서 나그네의 뇌리를 떠나지 않았다. 날이 밝자 일찍 행장을 챙겨 택시를 타고 섬 일주여행에 나섰다. 맨 처음 찾아간 곳이 읍동의 삼층석탑과 석등이다. 안내표지판에는 탑 높이가 190cm이고, 기단 폭이 80cm라면서 서남해 지역에서 유일한 사각 삼층석탑으로 남원 실상사의 백장암에 있는 탑과 모양이 비슷하며 조성 시기는 고려 초로 추정된다고 기록되어 있다.

수백 년 된 팽나무 주위에 문양이 뚜렷한 기와 조각이 흩어져 있고 주위에 넓은 평지가 있는 것으로 봐서 이곳은 큰 절터였던 것이 분명해 보인다. 뒤로는 장보고가 쌓았다는 상라산성이 있어 통일신라시대의 절이었을 것이라는 상상도 해보았다. 그리고 보니 이 탑은 김수로왕의 왕비였던 인도 아유타국의 공주 허황옥이 그

70

무심사지 삼층석탑

의 삼촌 장유 화상과 함께 인도에서 갖고 온 파사석으로 세웠다는
전설이 있는 남해 금산 보리암의 삼층석탑과 너무나 닮아 보였다.

🍎 일주여행을 마치고

읍동에서 열두 굽이 고개로 올라서자 '흑산도 아가씨' 노래비가
있는 전망대가 나온다. 가두리 양식을 많이 하는 마리와 곤촌리를
지나니 포구가 깊숙한 곳에 있어 '지피미'라고 불렀다는 심리가 나
왔다. 여기서 섬사람들의 한이 맺힌 '한다령' 고개를 넘으니 흑산도

에서 가장 아름다운 '모래미' 마을이 눈부시게 펼쳐졌다. 이 동네가 바로 정약전 선생이 유배를 왔던 곳이다. 아침부터 길가엔 미역을 다듬고 약초인 친궁을 말리는 작업이 한창이다.

다시 묵령 고개를 넘어 멸치 정치망어업이 유명한 소사리를 지나니 최익현 선생의 유배지인 천촌 마을이 있었다. 이 즈음에서 왜 섬 이름을 흑산도라 했는지 알 것 같았다. 섬 전체가 온통 동백, 후박, 너도밤나무 등의 검푸른 아열대성 활엽수들로 뒤덮여 있어 멀리서 보면 흑산으로 보였을 것이다.

일주를 마치고 관음사로 가서 스님에게 작별인사를 드리고 육지로 나오는데 자꾸만 마음에 걸리는 것이 있었다. 한때 이 섬에도 찬란한 불교가 있었다는 것을 증명하는 읍동의 무심사지 터에 다시 불사를 일으켜 예전의 영화를 되찾는다면 흑산도는 불교성지가 될 텐데 하는 생각이 떠나지 않았다. 이제라도 육지의 불자들이 뜻을 모아 역사적인 도량을 복원했으면 좋겠다. 이것은 관음사 비구니스님의 조그만 소망이기도 하다.

수많은 절과 암자가 있는 섬 남해도

🍎 불자들이 많은 남해도

장마전선이 오르락내리락하면서 기상이변이 심한 여름철에는 섬 여행을 하기가 쉽지 않다. 그래도 육지와 다리로 연결된 남해도는 기상과 관계없이 접근하기가 비교적 쉬운 섬이다. '어서 오시다' 라는 독특한 사투리 인사말이 곳곳에 붙어 있는 남해도는 백두대간이 지리산 자락을 타고 남하하여 하동 땅에서 잠시 바다 속으로 잠수했다가 이곳 남해에서 다시 웅혼한 기상으로 솟아올라 마지막 대미를 장식한 섬이다.

그래서 예로부터 명당 터가 많아 수많은 절과 암자가 세워졌고 고승대덕들이 거쳐 간 흔적이 여기저기 남아 있다. 잘 알려진 금산 보리암, 화방사, 망운암, 용문사 등은 찬란한 역사를 간직하고 있는 절들이다. 흔히들 '남해 삼자'라는 말을 하는데 남해도에는 유자,

남해대교

치자, 비자가 많이 나므로 붙인 말이지만 요즘에는 '남해사자'라는
말도 유행한다. 이 섬에는 신실한 '불자'들이 많기 때문이다.

🌱 해양소년단을 만나다

불국토인 남해도를 기행하기 위해 배낭을 꾸리고 있는데 한국
해양소년단 진주연맹에서 연락이 왔다. 삼천포 앞바다에 있는 신
수도라는 섬에서 단원들이 야영훈련을 한 뒤 이순신 장군의 전적

지를 따라 뗏목을 타고 고성군 당항포까지 탐사여행을 하는데, 단원들에게 '이순신이 싸운 바다'에 대해 특강을 해달라는 요청이었다. 호연지기를 키우고 이순신 장군의 전적지를 답사하겠다는 젊은 학생들의 정신이 가상하여 흔쾌히 응했다.

해양소년단이 준비한 고속 모터보트를 타고 삼천포 항에서 신수도로 건너가 신나는 강의를 한 후 다시 그 배를 타고 창선도로 진출할 수 있었다. 창선도는 남해군에서 두 번째로 큰 섬으로 남해 본 섬은 물론 삼천포와도 다리로 연결된 섬이다. 배는 이 세상에서 가장 아름다운 물길인 한려수도의 사천시 구간을 가로질러 창선면 곤유리에 나그네를 내려주고 쏜살같이 물살을 가르며 사라졌다.

❦ 창선도 운대암 가는 길

창선도에서 역사가 오래된 절인 운대암 암주 스님께 미리 연락을 해두고 찾아가는 길이지만 곤유리 선착장에서 운대암까지는 10리가 넘는 길이다. 여기서부터 움직일 수 있는 수단은 오직 나의 두 다리를 믿는 수밖에 없다. 길가엔 벼가 무럭무럭 자라고 간혹 철 이른 코스모스가 한 송이씩 피었다. 하나의 티끌 속에도 우주가 들어 있다고 했던가─微塵中含十方. 더위에 지친 나그네가 들여다본 한 송이 꽃 속에는 실로 아름다운 우주가 그 안에 온전하게 내려앉아 있었다. 땀범벅이 되어 한참을 걸어가는데 동대리를 지나 상신리에 이르니 '대방산 운대암'이라는 반가운 이정표가 나왔다. 여기서부터 호젓한 산길이 시작된다.

매미 소리와 풀벌레 소리가 어우러진 오솔길을 거닐면서 풋풋한 풀내음이 이토록 좋구나 하는 것을 처음 느꼈다. 무성하게 자란 칡넝쿨과 잡초들이 내뿜는 풀 냄새가 그 어떤 꽃향기보다 더욱 싱그러운 것을……. 깊은 산속에서 콩밭을 매고 '홍가시 나무'를 가꾸는 농부 한 명을 만났다. 인사를 나누면서 홍가시 나무를 잘 길러 농업 신지식인이 되라고 했더니 순박한 농부는 너무나 고마워했다. 말로 하는 보시는 가끔 이렇게 힘들이지 않고도 우리를 즐겁게 하나 보다.

고개를 넘어서니 깊은 계곡의 저수지 곁에 운대암이 있었다. 절 입구에서 주지스님이 기다리고 계셨다. 무량수전으로 가서 부처님께 경배한 후 운대암이라는 편안한 황토집에서 스님과 함께 찻잔을 나누며 많은 이야기를 들었다. 스님께서는 "운대암은 원래 남해도 용문사의 산내 암자였다"면서 지장도량인 용문사로 가서 하룻밤 기도를 하고 갈 것을 권했다.

운대암 가는 길

한여름에
창선도 산꼭대기에 걸린
운대암으로 가는데
십 리를 걸어
땀범벅이 되고 난 뒤

꽃향기보다 좋은 것이
풀내음인 줄 알았습니다

하나의 티끌 속에
우주가 들어있다고 했지요
한 마디 말 속에도
온 세상이 있었습니다

홍가시나무를 기르는 농부에게
"농업지식인이 되세요" 했더니
나를 붙들고 놓아주지 않았습니다
운대암 가는 길에…….

지족해협의 죽방렴

용문사

🍎 남해도 용문사

해 저무는 산길을 허허롭게 걸어 내려와 남해도 용문사로 가기 위해 지족까지 가는 버스를 탔다. 지족해협의 창선대교 위에 서니 석양은 서산에 걸리고 다릿발 아래 죽방렴 어장이 노을에 물들고 있었다. 온종일 걸었더니 허기가 지는데 근처 음식점에서 맛본 죽방멸치회의 맛은 그대로 살살 녹는다고밖에는 표현할 길이 없다.

다시 버스를 타고 찾아간 용문사는 남해군 이동면 용소리 뒷산에 있는 호구산 자락에 있었다. 보살님이 정해주는 방에 여장을 풀고 들어선 대웅전에는 지장보살의 명호를 부르는 소리가 어둠이 내리는 계곡을 따라 은은히 퍼졌다. 지장보살 지장보살…….

용문사는 신라 문무왕 때 원효대사가 금산에 보광사를 지었을 때 현재의 용문사 자리에 첨성각을 지었다고 하며 이후 보광사를 이곳으로 옮겼다고 한다. 그 후 시절인연을 따라 백월대사가 조선 현종 원년인 1660년에 여기에 용문사를 세웠다고 한다. 용문사는 남해도에서 역사가 가장 오래된 절이며 우리나라 3대 지장도량 중의 하나다. 이토록 유구한 역사를 간직한 도량에서 하룻밤 묵으며 기도를 하게 된 인연에 감사할 뿐이다. 새들과 풀벌레들도 함께한 새벽예불이 더욱 거룩하게 느껴졌다.

금산 보리암에서

많은 사람들이 보리암을 찾아와
자식 대학에 합격하게 해달라
남편 진급하게 해달라
병을 고쳐 달라
사업 잘 되게 해달라고
지성으로 빌고 빈다

나는 마음속으로
똥구멍에서 목구멍까지 가득 찬
이기심이고 기복이라 하는데
목석같은 관세음보살님은
이 모두를 다 들어주시나 보다

보리암 근처 비단 병풍바위
자세히 들여다보니
아무개 과거에 급제한 후 다녀갔고
진주목사 남해현령 행차에
개똥이 말똥이 사랑한다는 말까지
음각으로 갈겨놓았다

나는 마음속으로
에라이 몰지각한 놈들아
하고 삿대질하지만
관세음보살님은 그냥
우두커니 보고만 있다

순간
상주해수욕장 너머 세존도를 건너온
화들짝 휘파람새 소리
내 찌든 눈과 귀에 자지러진다
오늘은 나도 보리암에서
뭔가 하나 지성으로 빌어야겠다.

계절이 지나가는 길목에 선 욕지도

♥ 알고자 하면 가봐야 하는 섬

태양은 이미 북회귀선의 반환점을 돌아 남으로 내려가고 있지만 대지를 달군 폭염은 좀처럼 식을 줄 모른다. 늦여름만 되면 도지는 방랑벽을 주체할 수 없어 욕지도 가는 배에 몸을 실었다. 욕지도는 경남 통영시에 속하며 통영항에서 카페리가 수시로 운항하는 섬이다. 무엇이 그토록 알고 싶어 '욕지欲知'라 했을까. 글자 그대로 뭔가를 알고자 하는 욕망이 솟구치면 가봐야 할 섬 욕지도는 망망대해의 연화열도상에 피어난 한 송이 연꽃이다.

가을로 가는 배

모두들 덥다고
열대야라고 아우성인데
내 귀에는 이미 귀뚜라미 소리 청량하고
휘영청 달이 중천에 걸리면
코스모스 핀 먼 길을
집시처럼 떠나는 꿈을 꿉니다

여름 속에는 가을이 있고
어쩌면 겨울도 들어있을지 모릅니다
힘겹게 늦여름을 노래하는 쓰르라미가
풀덤불 속에서 씩씩거리는 것은
계절이 지나가는 길모퉁이에서
가을이 오는 소리입니다

오늘도 머리맡에 꾸려놓은
보헤미안의 걸망을 만지작거리며
아득한 선창가에서
가을로 가는 배를 기다립니다.

❀ 욕지도 가는 길

통영 여객선 터미널엔 막바지 피서를 즐기려는 사람들과 고향을 찾아가는 사람들, 그리고 볼일을 보고 놀아가는 순박한 낙도 주민들로 북적대고 있다. 배가 한산도 앞바다를 지나 넓은 바다로 나서니 저 멀리 하얀 뭉게구름이 빨랫줄 같은 수평선에 걸린다. 순간 육지에서 찌든 스트레스가 물감을 풀어놓은 듯한 코발트색 바다 속으로 녹아내리고, 이내 해방감에 젖은 나그네는 객실을 빠져나와 갑판에 퍼질러 앉아버렸다. 차양막을 친 갑판에는 이미 오징어다리를 물고 종이컵을 돌리는 사람들의 들뜬 사투리가 질펀한데 이 모두는 내게 정겨운 풍경일 뿐이다. 끝없는 바다와 섬들을 바라보며 한 시간쯤 달렸을까, 배는 연화도에 도착하여 사람들을 풀어놓고 다시 욕지도로 향했다.

❀ 동항 마을의 용천사

입구 양쪽으로 방파제가 막아선 천혜의 양항인 욕지도 동항 마을로 들어서니 해안선을 따라 늘어선 눈부신 포구 마을이 일시에 붐비기 시작한다. 아가리를 벌린 배에서 쏟아져 나오는 차량들을 향하여 경찰관이 불어대는 호각소리, 민박을 하라고 불러대는 소리를 헤집고 오후 늦은 시간에 욕지도로 들어섰다. 포구마다 연결

용천사

하는 마을버스가 해안선을 따라 다니고 있었지만 철저히 걸어서 섬을 밟아보기로 마음먹었다.

토박이 할머니에게 물어 맨 처음 찾아간 곳은 동항 마을의 용천 사라는 절이다. 열린 대문을 들어서니 경내의 큰 느티나무에는 막바지 매미 소리만 요란한데 주인은 어디로 갔는지 인기척이 없다. 멀리 바다를 바라보는 해수관음상 앞에 합장하고 법당으로 들어가 부처님 전에 엎드리니, 그 무슨 까닭으로 내가 여기까지 오게 되었는지 참으로 묘한 인연이라는 생각이 들었다. 해는 뉘엿뉘엿 서산에 걸렸는데, 다시 근처에 있는 구인사에 들러 부처님 전에 경배한 후 욕지도에서 가장 높은 천황산을 넘어 반대편에 있는 도동 마을로 가기로 했다.

산길을 거닐며

산길로 접어드니 마지막 여름을 힘겹게 노래하는 풀벌레 소리가 요란한데 간간이 들리는 쓰르라미 소리와 고갯마루를 타고 넘는 서늘한 바람은 언뜻언뜻 가을을 보여주고 있다. 계절이 지나가는 길목에 서 있는 산 중턱에서 내려다보니 사방은 온통 고구마 밭이다. 고구마는 섬마을의 역사와 함께한 구황작물인데 이 동네 사람들은 '고매'라 한다. 속이 밤처럼 토실토실한 놈은 '타박고매'이고 감 홍시처럼 말랑말랑한 것은 '물고매'다.

오래 전 퀴즈 프로그램에서 정답이 고구마인데 '고매'라고 답하니 이를 알아듣지 못한 사회자가 "세 자로 된 말……" 하며 힌트를 주자, "물고매!"라고 씩씩하게 대답했다는 일화가 생각났다.

길을 걷는 것은 고독한 수행이다. 길 위에서 길을 묻는 어리석은 사람도 있지만 홀로 길 위에 서면 내가 지금 어디에 있는지 알 수 있다. 그것은 깨어있음의 연속이고 대자연과 교감하는 시간이다.

고구마밭

동항에서 도동으로 넘어가는 길엔 수많은 생명들이 있다. 개미, 지렁이, 베짱이, 산새들 그리고 이름 모를 풀꽃들……

이 조그만 섬에 사는 생명들의 숫자만 해도 족히 우리나라 전체 인구보다 훨씬 많을 것이다. 그러니 우리가 인간으로 태어난 것은 얼마나 큰 행운인지 모른다. 백천만 겁이 지나도 만나기 어려운 기회가 아니던가. 길 위에서 만난 수많은 곤충들이 무심결에 밟히지 않도록 조심스럽게 걸으면서 이들이 축생에서 벗어나기를 기원했다. 나의 모습을 보거나 내 목소리를 듣는 것이 조그만 씨앗이 되어 육도윤회에서 벗어나라고 빌었다. 옴마니반메훔……!

태고암

천황산 정상 부근에는 태고암이라는 암자가 있다. 이미 날은 저물고 갈 길은 멀어 법당과 산신각에 참배한 후 생명수 같은 옹달샘에서 잠시 목을 적시고는 산 너머 도동 마을로 발길을 재촉했다. 고개를 넘어도 온통 고구마 밭인데 간간이 불빛이 보이는 외딴 집 근처에는 한가로운 소들이 보였다. 산비탈의 밭을 갈기 위해서는 경운기보다 소가 훨씬 나을 것이다.

🍎 방파제에서 지새운 하룻밤

밤중에 도착한 도동 마을엔 쏟아지는 별빛 아래 하얀 파도가 부서지고 있다. 오후 내내 산길을 걷고 보니 다리는 아프고 배가 고파 일시에 피로가 엄습해 오는데 민박집마다 기웃거려도 빈방은 하나도 없다고 한다. 다행히 마음씨 좋은 아주머니를 만나 저녁밥은 해결할 수 있었지만 잠자리가 문제였다.

그러나 뭐가 걱정이랴? 넓은 방파제로 가서 자리를 펴니 땅은 침대요, 하늘은 이불이고 파도소리는 자장가인 것을……

뭔가를 알고자 갈구하면서 욕지도의 하늘 아래서 단꿈을 꾸었다.

환상의 섬 거제도

🍎 거제도 가는 길

거제도를 향하여 남으로 달리는 길에는 코스모스가 하늘거리고 풍요로운 농촌 들녘엔 일없는 허수아비들이 한가로이 가을 벌판을 지키고 있다. 하늘은 높아만 가는데 누렇게 물든 지평선 너머로 그리움처럼 새털구름이 걸렸다. 길고 무더운 여름이 있었기에 풍요로운 수확이 있다는 대자연의 정교한 법칙이 차창 너머에서 확인되는 계절이다.

육지에서 거제도로 들어가자면 관문인 견내량을 지나야 한다. 통영시 용남면 견유 부락과 거제시 사등면 견내량 부락을 연결하는 두 개의 거제대교 아래 협소한 해협이 견내량인데 이곳 사람들은 '전하도목'이라 한다. 고려 의종이 정중부에 의해 폐위되어 거제도의 폐왕성으로 유배를 왔을 때 임금이 건너간 곳이라 해서 붙인 이름이다. 흐르는 물살이 워낙 세고 암초가 많아 예로부터 해난 사고가 잦았으며 임진왜란 때는 이순신 장군이 서진하는 왜군을 막아내기 위해 한산도에 진을 두고 이곳 견내량을 지켰다.

🏵 전란의 역사를 간직한 섬

거제도는 전란과 관련한 수많은 역사를 간직하고 있다. 옥포는 이순신 장군이 최초로 승리한 옥포해전의 현장이며 남부면 가배리는 당시 가배량이라는 이름으로 경상우수영이 있었던 곳이다. 거제도를 한 바퀴 돌아보면 난중일기에 등장하는 지명들이 즐비하다. 장문포 해전이 있었던 곳은 거제도 북단에 있는 장목면 장목리이며, 율포 해전에서 승리한 곳은 현재의 장목면 율천리다. 송진포는 이순신 함대가 웅포(진해시 웅천동)를 공격할 때 모항으로 사용한 곳이며 정유재란 때 원균이 지휘하는 조선수군이 거의 전멸한 곳은 거제도와 칠천도 사이의 좁은 해협인 칠천량이다. 한국전쟁 때는 포로수용소가 거제도에 설치되었으며 친공포로와 반공포로 간의 알력으로 폭동이 일어나기도 했다. 신현읍에 있는 거제 시청 인근에는 한국전쟁 당시의 포로수용소가 복원되어 많은 관광객들이 찾는다.

거제도 섬포

🍎 거제도의 자연 경관

거제도의 자연 경관은 사철 환상적이다. 남쪽 끝에 있는 해금강은 파도와 세월이 조각한 절벽 위에 모진 비바람을 견딘 소나무들이 절묘하게 자라고 있다. 거기서 동쪽 해안을 따라 조금 올라가면 학동리의 유명한 몽돌해수욕장과 구조라해수욕장이 있고 그 앞에는 드라마 '겨울 연가'로 일반에 알려진 외도 해상공원이 있다. 지세포 앞바다에 있는 부속섬인 지심도는 우리나라에서 동백꽃이 가장 많이 피는 섬이다. 동백 원시림으로 덮인 이곳에는 12월부터 이듬해 3월까지 동백꽃이 끝없이 피고 지며 융단처럼 깔린 붉은 낙화가 길을 뒤덮기도 한다.

서울에서 거제도까지 바로 가는 버스도 있지만 통영에서 내려 마을마다 정차하는 시내버스를 타고 견내량을 건너기로 했다. 거제도를 구석구석 구경하자면 최소한 일주일은 걸린다. 그래서 이번에는 거제도에서 오래된 역사를 간직한 사찰인 신광사神光寺 주변 일대를 답사하기로 했다. 버스가 거제대교를 지나 사등면으로 들어설 즈음, 미리 약속한 종문宗門 스님께 연락해보니 거제시청이 있는 신현읍에서 경로잔치를 준비 중이니 거기로 오라고 하신다.

해금강 전망대에서 본 거제도

🪷 영험한 석불로 유명한 신광사

오후 늦은 시간에 스님의 친절한 안내를 받으며 사등면 오량리 산자락에 있는 신광사로 들어섰다. 주인을 닮았는지 순하게 생긴 누렁이 한 마리가 달려 나와 마치 오랜 친구를 만난 듯 꼬리를 치며 반긴다. 절 입구에서 올려다본 백암산의 산세가 예사롭지 않고 좌우로 청룡 백호가 능선을 이루며 뻗어 내렸다. 서북향으로 앉은 절터에서 바라보니 멀리 견내량 너머로 안정사가 있는 벽방산이 지척에 다가선다. 스님의 안내로 석굴 속에 모셔놓은 석불인 석가모니 부처님께 삼배를 올리고 나와 바다가 보이는 언덕배기의 평상에 앉아 청량한 가을바람 속에 찻잔을 기울이며 많은 이야기를 들었다.

신광사는 지금부터 약 80년 전에 이 고장 사람들이 논을 개간하다가 석불을 발견하고는 현재의 위치에 목조 3간 집을 지어 석불을 모셔두고 석불암이라 했다 한다. 기도를 하면 영험하다는 소문이 주변 마을에 퍼지자 고성에 있는 어떤 절에서 이 석불을 모셔가려고 목도꾼들을 데리고 와서 옮겨가려 했으나 몇 발자국 움직이니 갑자기 석불이 꿈쩍도 하지 않기에 목도꾼들이 잘못을 빌고 원래 자리로 갖다놓았다고 한다. 경상남도 유형문화재로 지정된 이 석불은 통일신라 혹은 고려시대의 불상으로 추정된다.

불교문화가 찬란했던 시기에 거제의 관문을 지키는 호국불교

거제도 다대항

의 대가람이었을 이 절은 한때 벽담사라 했다가 신광사로 바뀌어
오늘에 이르러 중창불사가 한창이다. 이런 저런 담소를 나누는 중
에 주지스님은 끝없는 수행과 하심下心을 강조하신다. 언젠가 시간
적 여유를 갖고 인연 따라 신광사를 다시 찾아야겠다.

주파수

남국의 선창가 가로등 아래
실루엣으로 흩날리는 빗줄기
비스듬히 안테나에 잡히다

이 밤 어느 간이역에서
남으로 가는 완행열차 기다리며
그리운 주파수를 맞추는 나그네
외딴 섬마을 뜨끈한 골방에서
뼈마디를 지지는 꿈을 꾼다

먼 바다 소식 그리워
낡은 라디오 볼륨을
줄였다 높였다 하며
이리 저리 주파수를 맞춘다.

효행수련원 연화정사가 있는 섬 백령도

🍎 백령도 연화정사를 찾아서

토요일 이른 아침부터 인천항 연안여객선 부두는 북적대기 시작한다. 8시에 출발하는 쾌속선 데모크라시호가 해군 함정의 호위를 받으며 소청도와 대청도를 거쳐 오후 1시에 백령도에 도착했다. 관문인 용기포항 선착장에 내리니 바람이 제법 차다. 갑자기 불어닥친 북서풍 때문에 항해 중에 풍랑이 심하여 뱃멀미가 났는지 땅에 발을 내딛는 순간 속이 울렁거리고 정신이 혼미하다. 이런 와중에도 반가운 전화가 울렸다. 백령도에서 유일한 절인 연화정사의 석오 거사님이 수동 기어가 달린 낡은 지프차를 몰고 뱃머리까지 마중을 나온 것이다.

연화정사는 북한의 장산곶이 훤히 보이는 진촌 4리의 언덕 위에 자리 잡고 있다. 억새꽃이 하얗게 바람에 날리고 막바지 코스모

섬에 있는 암자를 찾아서 101

해수관음상

스가 가냘픈 자태로 하늘거리는 곳에 해수관음상이 우뚝 서 있어 멀리서 보아도 자비의 도량임을 금방 알 수 있다. 고봉 포구의 정 겨운 비포장 길을 지나 절집에 도착하니 첫 인상이 무척 밝은 비구 니스님 한 분이 반갑게 맞아 주신다. 점심때가 지났는데도 나그네 와 함께 공양을 하기 위해 기다리고 있는 절집 식구들의 인심에 감복하여 뱃멀미가 싹 나아버렸다.

백령도 일주 관광

여장을 풀고 거사님의 안내로 백령도 관광에 나섰다. 여객선이

사곶 천연 비행장

닿은 용기포항 건너편 사곶 천연 비행장의 딱딱하게 다져진 모래
사장으로 지프차를 타고 내달리는 기분은 가히 환상적이다. 들판
을 가로질러 한참을 달려 천연기념물인 콩돌 해안에 가니 연인들
의 해맑은 웃음소리가 콩돌과 함께 파도에 씻겨 해변을 따라 굴러
다니고 있었다. 백령도는 섬이지만 논이 많아 쌀을 자급자족하고
도 남아 육지로 내다 판다고 한다.

들판을 지나면서 갑자기 심청전에 나오는 공양미 삼백 석이란
말이 떠올랐다. 이 섬의 지명들을 유심히 살펴보니 심청전과 불교
에 관계되는 곳이 제법 눈에 띈다. 연화리는 한때 연꽃이 피는 연
지라는 못이 있었던 곳이고, 장촌 마을은 '뺑덕어멈'이 살았던 곳이
란다. 속칭 절골이라는 곳은 오랜 옛날에 절이 서너 개 있었다고
전해오는 계곡이다. 그런데 지금은 댐을 막아 저수지로 변해버렸

다. 환경을 고려하지 않고 막은 댐이다 보니 고인 물이 썩어 가는 것을 막아보려고 전기 모터를 돌려 억지로 물속에 산소를 공급하는 모습이 딱해 보인다. 여기 절골에서 예전에 주민들이 밭을 살다가 통일신라시대의 것으로 추정되는 불상을 발견했다는데 안타까운 마음 금할 길 없다.

선대암

🌸 아름다운 섬에 일어나는 기적

착잡한 마음으로 두무진으로 향하는데 때늦은 해당화 한 송이가 바닷가에 피어 나그네의 마음을 어루만진다. 두무진 포구에서 해안을 지나 호젓한 오솔길을 타고 오르니 멀리 장산곶과 인당수가 보이는 언덕에 '통일기원비'가 우뚝 서 있다. 형제바위와 선대암이 햇살을 받아 빛나는데 여기를 서해의 해금강이라 한 이유를 알겠다. 자연은 그 어떤 인공보다 아름답다는 것을 보여주고 있다. 백령도는 바다사자, 가마우지 등의 희귀동물과 모감주나무 군락지가 분포하고 있는 생태의 보고다. 바다와 가까운 저지대에는 습지도 잘 발달하여 갈대를 비롯한 수생식물들이 무수히 자라고 있다. 해양성 기후의 영향으로 날씨가 따뜻해서인지 아열대 작물인 키위를 재배하여 탐스럽게 익어 가는 모습이 여기저기 보인다.

이 섬에는 이러한 자연의 은총을 입은 약 삼천 명의 주민들이 산다는데 두무진에서 만난 해녀 부부와 돌아오는 길에 만난 연화정사 신도 회장님의 순박한 모습은 섬마을에서 살갑게 살아가는 마음씨 착한 사람들의 전형을 보는 듯했다. 요즘 이곳 백령도에는 이러한 분들과 함께 부처님의 기적이 일어나고 있다고 스님이 말씀하신다. 하기야 섬과 부처님을 찾아 헤매는 나 같은 사람도 인연 따라 여기까지 왔으니 기적은 분명히 일어날 것이다.

섬 여행을 하면서 절에서 하룻밤 자는 것은 큰 기쁨이다. 조용하고 정갈한 방에서 자신을 돌아보는 귀한 시간을 가질 수 있어서 좋다. 배를 타고 온 긴 여정 때문에 일찍 잠자리에 들었다. 이내 아득한 꿈속으로 빠져드는가 했는데, 이산 혜연선사 발원문이 낭랑하게 들리고 새벽하늘에 목탁소리가 울려 퍼진다. 자리에서 일어나 방문을 나서니 무수한 별이 쏟아지는 새벽하늘에 뚜렷이 빛을 발하는 북극성이 멀리 북한의 장산곶에 걸려 빛나고 있다.

형제바위

법당으로 향하는데 몸도 마음도 가볍기만 하다. 청정한 섬 백령도에 연화정사라는 한 송이 연꽃이 피어나는 순간이다. 평화를 갈구하는 우리의 염원이 저 해변의 철조망 너머로 퍼져 나가길 간절히 기도했다.

☙ 불사가 한창 진행 중인 효행수련원 연화도량

연화정사는 불교의 불모지나 다름없었던 백령도에 효행수련원 연화도량이라는 이름으로 최근에 문을 열었다. 우리에게 '발우'의 의미를 잘 알려주신 지명 스님이 주지로 계시면서 발우전시관도 함께 문을 열었다. 효녀 심청을 이야기하지 않더라도 효가 백 가지 행의 근본임은 이미 경전에서 밝히고 있지 않은가. 여기서 하루를 지내면서 느낀 것은 주변의 자연 경관은 물론 스님과 대중들의 사는 모습이 너무 밝고 자유스럽게 보여 내게는 신선한 충격이었다. 지금 연화정사는 한창 불사가 진행 중이다. 대웅전을 비롯한 전각들과 종각을 새로 짓기 위한 준비가 한창이다. 절집 식구들과 아쉬운 작별을 하고 늦가을 들판 길을 허허로이 걸어서 섬을 빠져나오는데 구절초를 비롯한 수많은 풀꽃들이 따사로운 햇살을 받으며 속삭이고 있었다.

가을 편지

코스모스 꽃대처럼 하늘은 높아만 가고
밤하늘엔 지난여름의 열기를 씻어주는
맑은 달 하나 고운 얼굴 내밀었습니다

뜰 앞에 가득한 귀뚜라미 소리만큼
수많은 별들 그리움으로
또박
또박
빛나는 계절은 왔건만
사람들은 시 한 수, 편지 한 통 쓰지 못하고
핸드폰과 컴퓨터와 연속극 앞에 노예가 되었습니다

무슨 변고인지
무딘 가슴에 가을바람 한 점 불어
외딴 섬에서 꼬박 밤을 새우며
그대에게 이렇게 편지를 씁니다
꼭꼭 접어
낙엽처럼 이 골목 저 골목 날려보내오니
그냥 보기만 하세요.

강화도 전등사를 찾아서

🍎 민족의 역사와 함께하는 섬

육지에서 바라보면 좁은 해협을 사이에 두고 빤히 보이는 섬이 강화도다. 한때 강화 인삼과 왕골로 만드는 화문석이 유명했던 외딴 고장이었지만 지금은 두 개의 다리로 연결되어 육지와 다름없이 되었다. 강화도의 역사는 우리 민족의 역사와 함께 한다. 단군왕검이 하늘에 제사를 지냈다는 참성단이 마니산 정상에 있고 정족산에 있는 삼랑성은 단군의 세 아들이 축성했다고 전해온다. 예로부터 물길을 따라 서울로 드나드는 입구에 있다 보니 강화도는 수많은 전란의 역사를 간직하고 있다.

징검다리 서너 개만 놓으면 건너뛸 것 같은 저 좁은 물길이 민족 수난의 소용돌이에 휘말린 적이 어디 한두 번이었던가. 고려시대에는 몽골의 침략을 막아내기 위해 강화도로 천도한 적이 있

었고 조선 후기에는 병인양요, 신미양요, 운양호 사건 등을 겪으며
우리 민족의 역사와 함께 영욕을 같이 했던 곳이다.

전등사를 찾아서

섬 여행을 하면서 언제나 그랬던 것처럼 걸망 하나 달랑 메고
서울 신촌에서 강화도 가는 버스를 탔다. 강화도의 정족산 입구에
있는 온수리에서 하차하여 이정표를 살피는데 '전등사'라는 표지가
눈에 들어온다. 고구려 소수림왕 때 창건한 고찰 입구에는 중년의
아주머니들이 무 같기도 하고 배추뿌리 같기도 한 강화 특산물 순
무를 팔고 있다.

고조선 시대의 산성인 삼랑성 동문을 들어서니 마치 타임머신
을 타고 새로운 세계로 들어서는 기분이다. 묘한 전율을 느끼며
성채 안으로 들어서니 병인양요 때 프랑스군을 물리친 양헌수 장
군의 승전비가 당시 참전했던 군관들과 병사들의 전공을 기리고
있다. 이내 별천지의 숲 속 길로 접어들 즈음 마음이 한없이 편안
해지는가 했더니 여기가 바로 전등사가 아닌가. 일주문 대신 대조
루라는 누각을 통해서 경내로 들어서면서 섬을 찾아 바람처럼 떠
도는 이 몸이 이곳 강화도에 왔다는 사실을 부처님께 합장하며 신
고했다.

전등사 대조루 옆 고목

종무소로 가서 범우 스님을 뵙고 예를 올리니 스님께서는 지난 10월 말 여기 전등사에서 '생명의 빛, 나눔의 기쁨'이라는 주제로 삼랑성 문화축제가 열렸는데, 우리들 안에 깃들어 있는 생명의 빛을 찾아가기 위한 그림전과 이주 노동자들을 위한 소박한 나눔을 실천하는 행사도 있었다고 한다. 우리나라와 인도의 전통악기 연주를 통한 소리여행도 함께 체험한 이날 행사에는 최근 세계적인 스타가 된 황우석 박사도 참석하여 '나의 생명 평화 이야기'를 들려주면서 많은 신도들의 신심에 불을 지폈다고 한다.

　황우석 박사는 지금부터 18년 전에 중병에 걸려 생존할 수 있는 확률이 30퍼센트도 안 되는 상황에서 대수술을 받고 죽기 전에 바람이나 쐬려고 친구와 함께 이곳 전등사에 왔다가 아무 생각 없이 부처님 전에 엎드려 절을 하는데 콧물이 쏟아지면서 형언할 수 없는 묘한 체험을 한 후 병이 완치되었다고 한다. 그 후 불교에 귀의한 황 박사는 전등사의 신도가 되어 무슨 일이 있어도 한 달에 한 번은 전등사를 찾는다고 한다. 장기간 해외여행 중에도 일시 귀국을 해서라도 전등사를 찾는다니 대단한 불심이 아닐 수 없다. 어려운 실험을 하거나 일을 추진하다가 장벽에 부닥치면 이곳에 와서 부처님을 뵙고 나면 문제가 해결된다고 한다.

　나무 관세음보살…….

112

☙ 산사의 부엉이 소리

서울로 돌아와야 한다는 생각을 까맣게 잊은 채 전등사 주변에 있는 조선왕조실록을 보관했던 정족사고와 고려시대의 예비 궁궐 터를 둘러보는데 이미 날이 저물어버렸다. 종무소의 보살님께 부탁하여 템플스테이를 하는 방에서 하룻밤 묵기로 했다. 낮에는 수많은 사람들로 붐볐지만 밤이 되자 썰물처럼 인적이 사라진 정족산 자락에는 애절한 부엉이 소리만 나그네의 객수를 더하게 한다. 겨울밤을 더욱 길게 만들었던 저 추억의 부엉새 소리에 잠 못 이루며 뒤척이는데, 정확히 새벽 4시가 되자 무명의 잠을 깨우는 목탁 소리가 정신이 번쩍 들게 만든다.

새벽예불에 참석하니 스웨덴에서 왔다는 구도자의 모습을 한 신사 한 분이 대웅전의 차가운 마룻바닥에 앉아 있기에 눈인사를 하고는 잠시나마 도반이 된 기분으로 끝까지 예불에 동참하였다. 이 얼마나 큰 인연인가.

날이 밝자 전란의 역사를 간직한 초지진을 둘러본 후 마니산 정상으로 향했다. 조선군의 해안 진지였던 초지진에는 외국 열강들의 군함과 전투를 벌인 흔적이 성벽과 노송에 아직도 남아 있다. 지난 열두 달 동안 부처님을 찾아 섬으로 돌아다닌 긴 여정을 마무리하고자 생명의 기가 넘치는 마니산으로 향했다.

마니산 참성단

　등산로를 따라 올라가니 세 군데의 생기가 넘치는 자리에 안내
표시를 해놓았다. 하늘과 땅의 맑은 정기를 듬뿍 받으며 참성단이
있는 정상에 서서 부처님의 법이 온 누리에 전해지기를 기원했다.

첫눈이 오면

첫눈이 오면 나는 섬으로 들어가
뜨끈한 토담집 아랫목에서
삶은 고구마 한 소쿠리 머리맡에 놓고
아무것도 하지 않고 누워 있을랍니다
섬이 소록소록
세상으로부터 지워지는 날
나는 정말 아무것도 하지 않고
그대를 기다리겠습니다
함박눈 아득하여 바다가 하늘이 되면
사립문 열고 그대가 오겠지요
따스한 황토방 흙냄새에 묻혀
우리 그냥 뒹굴 뒹굴
간지럼 태우기나 해요
그대가 있고
밤새 눈만 펑펑 퍼부으면 그만입니다
첫눈이 오면 나는 섬으로 들어가
하얀 바다가 되어
그대를 기다리겠습니다.

아름다운 섬 독도

울릉도 가는 길

독도는 착한 일을 많이 하고 덕을 쌓아야 갈 수 있는 섬이라고 한다. 그만큼 독도 주변 해역은 기상의 변화가 심하고 파도가 높이 치는 곳이다. 무턱대고 울릉도에 들어갔다가 비가 오고 바람이 불면 한 열흘 동안 발이 묶이기도 한다니 쉽게 갈 수 있는 곳은 아니다. '독도 이순신수비대'라는 동호인 모임에서 6월 17일로 날짜를 잡고 출발 준비를 하는데 일기예보에 장마전선이 남부지방에 걸렸다고 하니 서서히 불안해지기 시작한다. 출발 3일 전에는 전국적으로 세찬 비가 내려 독도에 간다는 한 가닥 희망이 수포로 돌아가는 것 아닌가 하는 생각이 들었다. 그런데 막상 출발 당일 서울에서 이른 아침에 출발하여 묵호항에 가니 동해바다는 장판처럼 잔잔했다. 동해바다 용왕님이 이순신 수비대를 알아본 것이다.

남쪽에서 오는 대원들은 포항에서 출발하여 울릉도에서 만나
기로 했다. 쾌속선이 묵호항을 빠져나가자 끝없는 바다에는 간혹
고기잡이배와 상선이 하나씩 보일 뿐 끝없는 수평선밖에는 눈에
들어오는 것이 없다. 정확히 2시간 30분을 달리니 망망대해에 커다
란 산이 보이기 시작한다. 울릉도다. 평생 처음으로 울릉도에 발을
내디딜 생각을 하니 젊은 날 예쁜 소녀에게 사랑을 고백할 때처럼
가슴이 두근거린다. 배가 고동을 울리며 포구에 접안하자 5일장이
선 곳처럼 도동항이 일시에 와자지껄하게 붐비기 시작한다.

묵호항

🍎 울릉도 일주여행

뱃머리에 마중 나온 현지 가이드의 안내로 숙소에 여장을 풀고 나서 취나물과 부지깽이나물이 나오는 울릉도식 점심을 먹으면서 포항에서 온 대원들과 합류했다. 첫날 일정은 울릉도 육로관광이다. 소형 버스를 타고 섬을 일주하면서 마지막에 화산 분화구인 나리분지에 올라가는 코스다. 우리 대원들은 모두 열 명으로 오붓한 여행을 하기에 아주 좋았다. 가이드 겸 운전기사의 걸쭉한 사투리와 입담에 몇 번씩 사기를 당하면서도 싫지는 않았다.

울릉 하버드 종고를 나온 사기꾼이라고 자신을 소개한 후 "저 고개 너머에 국수를 잘하는 집이 있는데 모두 한 그릇씩 드시고 가야 합니다"라는 말에 방금 점심을 먹었는데 무슨 국수냐고 수군거리는 순간, 산 너머에 나타난 것은 주상절리 현상으로 바위가 국숫발처럼 죽죽 뻗어 내린 '국수산'이 아닌가. 너스레를 떠는 가이드에게 속은 것이다. 복잡한 해안선을 따라 길을 내다보니 나선형으로 감고 올라가는 곳이 있는가 하면 여기저기 굴을 뚫어 지나가는 곳이 많고 태풍 루사의 상처가 아직도 남아있는 곳도 보였다. 바닷가에 있는 호박엿 공장 앞에 차를 세우고 '맛보기' 엿 하나 얻어먹고 나서 바다를 들여다보니 동해는 완전 무공해 코발트색이다.

통구미 마을의 아이들

울릉도에는 뱀이 없고 도둑이 없다고 한다. 순박한 섬마을에
도둑은 있을 리 없지만, 뱀이 없는 이유는 향나무가 많아서 그렇
단다. 산에는 자생하는 후박나무와 향나무가 지천으로 널려 있다.
예전에 울릉도 사람들이 땔나무로 향나무를 많이 사용했는데 그
태우는 향내가 포항까지 날아갔다고 가이드가 또다시 능청을 떤
다. 저 향나무를 채취해서 나가다가는 포항경찰서에서 만날 수
있을 것이라나……. 아슬아슬한 바위 끝에도 수백 년 된 향나무가
여기저기 눈에 들어온다. 웃고 떠들다 보니 그럭저럭 차는 거북바
위 앞에 섰다. 선착장 앞에 우뚝 선 바위 옆구리에 거북이가 새끼

성불사 약사여래불

를 낳는 형상으로 달라붙어 있는 모습이 선명하다. 통구미 마을의
성급한 꼬마 녀석들은 초여름 바다로 뛰어들어 물장구를 친다.
누구에게나 저토록 천진난만한 어린 시절은 있었으리라.

　해안선을 타고 도는데 눈에 보이는 밭에는 모두 울릉취, 더덕
같은 소득이 괜찮은 작물들이 자라고 있다. 예전에 논농사를 한
흔적도 있지만 지금은 모두 밭으로 변해버렸다. 서울의 가락시장
에서 본 울릉도 취나물이 모두 여기서 자라고 있구나……. 어느덧
차는 곰이 웅크리고 있는 형상을 한 곰바위를 뒤로하고 제법 긴

터널을 빠져나와 토산품 가게 앞에 섰다. 울릉도에서 잡은 냉동 문어와 취나물, 돌미역, 부지깽이나물, 참고비 등을 파는 곳이다.

거짓말 좀 보태면 문어 다리 하나가 코끼리 코만 한 놈이 보인다. 잠시 휴식을 취한 후 다시 산을 넘고 해안선을 몇 굽이 더 도니 천부라는 마을이 나온다. 하늘에서 부를 내려준 마을이라는데, 여기서는 천궁을 재배하여 많은 소득을 올려 마을 전체가 예로부터 부자였다고 한다. 건너편에는 송곳봉이 우뚝 솟았고 그 아래 약사 여래불을 모신 성불사에 불사가 한창이다. 울릉도는 제주도처럼 해안의 용출수가 풍부하여 신선하고 좋은 물이 풍부하다. 약사여래불 옆의 약수를 한 잔 하고 나니 긴 여정에 지친 몸이 일시에 생기가 돈다.

🍎 나리분지에서

천부에서 나리분지로 오르는 길가에는 많은 나리가 자라고 있다. 꽃 중의 꽃 나리! 7월이면 온 섬을 짙은 오렌지색으로 물들일 저 나리가 이파리 사이마다 까만 씨앗을 달고 무럭무럭 자라고 있다. 야생화 중에서 향기는 찔레와 아카시아가 좋다면 그 아름다운 자태로 말하자면 나리를 따를 것이 없으리라. 참나리, 말나리, 섬말나리……. 종류도 가지가지 많지만 나는 참나리를 제일 좋아한다. 차창을 내다보니 벌써 화산 분화구인 나리분지다. 엄청난 화산 폭발의 역사를 이야기하듯 나리분지는 그 규모가 압도적이다. 한 때 여기에 소규모 비행장 건설을 검토한 적이 있었으니 성인봉 아래에 어마어마한 평지가 자리 잡고 있는 셈이다. 우리 일행은 나무 그늘 아래 자리를 잡고 포항에서 싣고 온 대나무 통술을 한 잔씩 돌렸다. 낙지를 살짝 삶아서 만들어 온 안주가 일품이다. 창원의 '오실이'가 통술을 만들고 안주는 '반딧불'이 만들었다나……. 나야 입만 갖고 다녔지만 어쨌든 나리분지에서 마신 대나무 통술 맛은 천하일품이었다.

해거름에 도동으로 돌아오니, '독도 코리아, 시사랑'이란 모임에서 시낭송회를 하는데 전국의 시인들이 모인 자리였다. 우리 대원 중 제일 큰 누님인 최영순 님이 자진해서 노래를 한 곡조 하고 내가 즉석 자작시를 한 수 낭송했다. 작은 공원에서 산 오징어 물회를 만들어 먹으면서 참여한 시낭송회는 주객이 전도된 느낌이 들도록 이순신 수비대가 장악해버렸다. 밤이 되자 바닷가 노천카페로 가서 싱싱한 해물을 먹으며 밤늦도록 실컷 노래를 부르고 숙소로 돌아와 깊은 꿈나라로 향했다.

독도 비경

❀ 독도 가는 길

　다음날 아침, 우리는 도동항에서 출정식을 한 후 서둘러 독도
가는 배에 몸을 실었다. 울릉도에서 2시간 거리다. 이순신 수비대
의 대장정을 하늘도 알아보니 바다는 아주 잔잔하고 바람도 고요
하다. 독도에 가까워지니 해경의 경비정이 고동을 울리며 우리를
반긴다. 그리고 꿈에 그리던 독도가 나타나고 갈매기 떼가 마중을
나와 배위를 선회하며 끼룩 끼룩 인사를 한다. 독도에 접안할 수
있게 기상이 허락하는 날이 1년에 50일도 안 된다는데 우리는 운

좋게 독도에 내렸다. 해경들과 토종 삽사리가 마중을 나왔다. 독도에 처음 발을 딛는 순간 그 가슴 벅찬 감회는 이루 형용할 수 없었다. 부인과 함께 유일하게 독도에 사는 김성도 씨가 긴니편 서도에서 작업을 하고 있는 것이 육안으로 보이기에 고함을 쳐서 불렀더니 자그만 동동배를 타고 동도東島로 건너왔다.

🌸 독도 주민 김성도

김성도 씨를 얼싸안고 통통배에 우리 수비대 플래카드를 걸었다. 밤잠을 설치며 그리워했던 섬 독도가 우리 땅임을 확인하는 순간이었다. 그러나 독도에 오래 머물 순 없었다. 30분 내로 다시 배에 타고 섬 일주관광을 하게 되어 있다. 환경을 고려하여 하루에 입도를 2회로 제한하고 1회에 400명 이상 내릴 수 없다고 한다. 동도와 서도를 한 바퀴 도는데 독도는 우리나라에서 가장 아름다운 섬이라는 탄성이 여기저기서 튀어나온다. 독도 정상에는 경비대 숙사가 보이고 일본을 향하여 덩그렇게 대포가 하나 걸렸다.

독도여, 영원하라. 그리고 이순신 수비대 만세!

가자 독도로

우리는 원래 독섬이라 불렀다
너희 혀 짧은 왜족倭族들이
'도꾸(독) 시마(섬)'라 흉내 냈던 섬
이제는 아예 '다께시마竹島'라고?
거기 돌섬에 대나무가 그리도 많았더란 말이냐

알기나 해라 왜족들아
독도는 감히 너희들이 넘볼 수 있는 섬이 아니다
마른하늘에 벼락이 치고
언제 솟구칠지 모르는
대한민국의 마그마가 끓고 있는 섬이다

독도는 아무나 갈 수 있는 섬이 아니다
총도 쏠 줄 모르는 주제에 입만 나불대며
단식이다 혈서다 폼만 잡는 자들아
너희들은 독도에 가지 마라
그곳은 피 끓는 참전용사들이
의용수비대를 만들어
기관총과 박격포를 쏘면서
온 몸으로 일본 순시선을 물리친 섬이다

어업과 영토는 별개의 문제리는 해괴한 논리로
쌍끌이협상에서 독도를
공동관리수역으로 넘겨주고도
무대응이 상책이라고 우기던 자들아
너희들도 독도에 가지 마라
거기는 이상한 사람이 나타나면
괭이갈매기들이 똥을 갈기며
떼 지어 공격하는 곳이다

평소엔 손 놓고 놀고 있다가
무슨 일만 터지면 나타나
세 치 혀로 선동하고
텔레비전 카메라 앞에서
사진 찍기 좋아하는 나리들도
독도에 가지 마라
거기는 바다사자들이
푸우 푸우 자맥질하며 지키는 곳이라
너희 위선자들이 들어갈 수 있는 그런 섬은 아니다

묵묵히 맡은 바 일만 하면서
군에 가라면 군에 가고
세금 내라면 세금 내고
바보처럼 살아온 이 땅의 보통사람들아
이제 우리가
의병으로 일어설 때가 되었다

조상의 뼈가 묻힌 곳
이 땅에 살아야만 하는 죄로
더럽고 아니꼬운 일 수없이 보아왔지만
그래도 그 섬에 갈 수 있는 사람은 우리들밖에 없다
자 북을 울려라
의로운 깃발 높이 휘날리며
가자 독도로!

석모도 보문사에서

🍎 관음성지 석모도

가을비가 추적대는 날 불현듯 관음성지인 석모도 보문사를 가고 싶었다. 강화도 외포리에서 석모도로 건너가는 배는 비가 오는데도 차와 사람들로 붐비기 시작한다. 수많은 갈매기 떼의 군무를 바라보며 강화도에서 10분 정도 건너가면 석모도 선착장에 도착한다. 보문사 입구에 가니 현지에서 생산한 순무와 호박, 고추, 그리고 밴댕이 젓갈을 파는 사람들이

보문사

보문사 전경

줄지어 앉아 있고 여기저기서 산채정식과 밴댕이 무침을 먹고 가
라는 식당이 늘어서 사하촌寺下村을 이루고 있다.

　일주문을 지나는데 소나무와 굴참나무가 무성하게 자라는 것
이 예사로운 절터는 아닌 것 같다. 유명한 절 초입에는 보통 아름
드리나무가 많은데, 땅의 기운이 좋고 청정 수행자가 사는 곳에는
나무도 잘 자라나 보다. 보문사 입구에는 보호수로 지정된 600년
된 은행나무가 하늘을 찌를 듯 솟아 있다.

　보문사는 신라 선덕여왕 4년(635)년에 회정대사가 금강산에서
수행하다가 이곳 석모도 낙가산에 와서 절을 창건하였는데 관세음

보살의 원력이 광대무변함을 나타내기 위해 절의 이름을 보문사라고 하였다. 보문사는 양양 낙산사 홍련암, 남해 보리암과 함께 우리나라 3대 관음기도 도량으로 잘 알려진 절이다. 진설에 의하면 절을 창건한 그 해에 한 어부가 바다에 그물을 던졌는데, 사람 모양의 돌덩이 22개가 한꺼번에 그물에 걸려 올라오자 쓸모없는 돌이라고 바다에 버렸더니 그날 밤 꿈에 노승이 나타나서, 낮에 그물에 걸렸던 돌덩이는 천축국(인도)에서 보내온 귀중한 불상이므로 내일 다시 그곳에서 불상을 건져 명산에 봉안해 줄 것을 당부했다고 한다.

❧ 보문사 나한전

다음 날, 22개의 불상을 건져 올린 어부는 꿈속에서 노승이 당부한 대로 낙가산으로 불상을 옮기는데 어느 동굴 앞에 이르자 갑자기 불상이 무거워져서 더 이상 옮길 수 없었다고 한다. 순간 그 어부는 이 동굴이 불상을 안치할 장소라고 생각하고 굴 안에 단을 만들어 모시게 되었으니 이곳이 오늘날의 보문사 석굴 나한전이다.

이 나한전에서 기도를 하면 영험하다고 하여 많은 신도들이 찾는다. 천연 석굴을 개수하여 오늘에 이른 나한전은 내부가 30평은 되어 보일 정도로 넓다. 온종일 절을 하며 기도하는 행렬이 끊이지 않고 토요일마다 철야기도를 한다. 나한전 입구에는 약수가 나오는 샘이 하나 있고 그 옆에는 수령이 600년 된 거대한 향나무가 자란다. 한국전쟁 때 잎이 떨어지고 죽은 것처럼 있다가 전쟁이 끝나자 다시 잎이 나서 살아났다고 한다. 약수를 한 잔 하고는 나한전에 엎드려 간절한 소원 하나를 빌어본다. 나한전에 들어가면 기도는 나만을 위한 기복이 아니라 온 우주 법계를 감동시키는 성스러운 것임을 단박에 알 수 있다.

❀ 마애석불좌상

다른 절의 대웅전에 해당하는 전각이 보문사의 극락보전이다. 관음보살상을 포함해 3,000불이 모셔져 있는 극락보전에 참배한 후 그 뒤로 난 계단길을 10분 정도 오르니 낙가산 중턱의 거대한 암벽에는 마애석불좌상이 비스듬한 절벽에 새겨져 있고 주변은 온통 관세음보살의 명호를 부르는 소리로 가득하다. 이 마애석불좌상은 1928년 배선주 주지스님이 보문사가 관음 성지임을 나타내기 위하여 금강산 표훈사表訓寺의 이화응李華應 스님과 더불어 이곳에 새긴 것이다.

이 마애석불 좌상은 석실 나한전과 함께 보문사가 관음기도 성지임을 보여주는 대표적인 조각상이다. 그래서 이곳에서 정성으로

마애석불 좌상

기도드리면 이루어지지 않는 소원이 없다 하여 지금도 신도들의 발길이 끊이지 않는다. 현재 인천광역시 유형문화재 제29호로 지정되어 있다. 일명 눈썹바위라고 불리는 바위 아래 조각한 관세음보살상 아래 단을 설치하고 기도를 할 수 있게 되어 있다. 비가 와도 마애불이 비를 맞지 않을 정도로 바위가 불상 위를 우산처럼 가리고 있고 그 틈에는 비둘기 몇 마리가 살고 있는 것이 보인다. 저 비둘기들은 하루 종일 관세음보살 염불소리를 들으며 살고 있으니 분명 복 받은 놈들임에 틀림없다. 가랑비가 다시 간간히 날리는데 열성 신도들 틈에 합장하고 서서 잠시나마 일념으로 관세음

132

보살을 불러 본다.

서울로 돌아오는 길가에는 군데군데 전을 벌여놓고 강화 특산품을 파는 아낙네들의 모습이 보인다. 강화인삼과 배추뿌리 맛이 나는 순무, 그리고 속이 노란 호박고구마가 이곳 특산물이다. 순무김치가 간에 좋다고 하여 막 밭에서 뽑은 순무 2단을 사서 차에 실었다. 석모도의 선착장을 빠져나올 때까지 관세음보살의 명호를 부르는 염불소리가 귓전을 맴돈다.

관세음보살 관세음보살……

내 가슴 속의 섬

내 가슴 속에는 섬이 하나 있어
날마다 하얀 파도가 부서진다
일상이 피곤할수록
섬은 더욱 선명하게 다가오고
갈매기 노래 귓전에 들린다

내 가슴 속에는 그리움 하나 있어
물안개 피는 새벽 바다를 좋아했고
장대비 지나가는 여름 바다에 서서
탑처럼 젖어보기도 했다

붉은 해 서쪽 바다로 빠질 때
그 섬에 고단한 육신을 눕히면
쏴아 차르르르
쏴아 차르르르……
거대한 지구의 호흡에 맞춰
밤새 단꿈을 꾼다.

국토 최남단의 섬 마라도 기원정사에서

🌸 구도여행의 계절

호젓한 구도여행을 떠나 달빛 교교한 먼 바닷가의 절벽에 매달린 암자에서 하룻밤을 뜬눈으로 지새우고 싶은 계절이다.

요즘 와서 느끼는 것인데 내게 가장 소중한 것은 침묵과 노동 그리고 나의 내면을 돌아보는 시간이다. 무의미하게 숨 막히는 도시를 떠나 나 이제 돌아가 더욱 절박한 행복을 찾고 아침이슬 같은 인생에서 꼭 해야 할 숙제를 하기 위해 조용한 섬으로 돌아가고 싶다. 이런 날엔 먼 섬으로 떠나야 한다. 사람들은 섬을 고립된 곳으로 생각하지만 섬에 들어가면 일상으로부터의 해방이며 대자유를 누릴 수 있어 좋다.

마라도 들래와 억새

마라분교

🌸 마라도 가는 길

　국토의 최남단 마라도에 발을 내딛는 순간 나는 육지라는 새장
에서 막 탈출한 한 마리 새가 되고 말았다. 억새꽃이 그리움처럼
바람에 날리고 코발트색 바다와 하늘을 배경으로 우뚝 선 하얀 등
대가 육지에서 온 나그네의 마음을 사로잡는다. 그동안 섬에 있는
절을 찾아 전국의 웬만한 섬들은 두루 돌아다녔지만 이곳 마라도
는 몇 번을 벼르다가 이제야 겨우 인연이 닿아 오게 되었다.

138

마라도의 행정구역은 제주도 남제주군 대정읍 마라도다. 제주도의 송악산 선착장에서 마라도까지는 배로 30분 정도 걸리는데 가는 길에 가파도가 있다. 예전에 마라도와 가파도 사람들이 제주도에 장을 보러 나왔다가 외상으로 물건을 가져간 후 그 다음 장날에 파도가 높아 못 나오면 '갚아도 좋고 말아도 좋다'고 한 데서 섬의 이름이 유래되었다는 이야기가 전해온다.

🍎 아름다운 남국의 섬

제주도를 출발한 배가 형제도와 산방산을 뒤로하고 가파도 쪽으로 나서니 파도가 높게 일기 시작한다. 바람은 잔잔한데 너울이 심하게 일어 여기저기서 뱃멀미를 하는 사람들이 보인다. 마라도 선착장에 내려 계단을 타고 오르니 국토의 최남단에 있는 이국적인 섬에는 남북통일을 염원하는 '통일기원비'가 세워져 있다. 섬을 천천히 걸어서 한 바퀴 도는 데 30분이면 충분할 정도로 마라도는 작고 아담한 섬이다.

해안 절벽이 많아 목책을 치고 그 안쪽으로 산책로를 만들어 놓았는데 군데군데 야생화와 선인장들이 이국적 풍광을 연출하고 있다. 손잡고 거니는 연인들의 풋풋한 웃음소리가 억새꽃 사이마다 해맑게 부서지는 곳에서 동쪽 해안을 따라 조금 내려가면 눈부시도록 하얀 등대가 나온다. 무공해 발전을 하는 태양열판이 등대 주변에 온통 깔려 남국의 햇볕을 모으며 빛나는 모습이 이채롭기만 하다.

섬마을에는 먹을거리가 풍부하지만 마라도에도 현지에서 잡은 싱싱한 해산물을 파는 민박집들이 있다. 등대를 지나 섬의 남쪽 끝에 당도하니 '대한민국 최남단'이라는 표석이 있는 곳에 좌판을 벌여 멍게와 소라를 팔고 있는데, 끝없는 바다를 바라보며 싱싱한 해산물을 맛보는 관광객들의 즐거운 비명이 바람을 타고 바다 위로 흩어진다. 이 섬에서 산책을 하다가 배가 고프면 '자장면 시키신 분'이라는 중국집에 자장면을 시키면 된다. 한 이동통신사의 광고를 자장면집 주인이 이용하여 재미있게 돈을 벌고 있다.

🍎 관음성지 기원정사

선인장 종류인 백년초가 무성한 서쪽 해안을 돌아 기원정사라는 절 앞에서 나도 몰래 발길을 멈추고 말았다. 마라도에 절이 있는 줄은 몰랐다. 조심조심 절집으로 들어서니 관세음보살을 모신 법당에는 신묘장구대다라니가 울려 퍼지며 먼 여정에 지친 나그네의 마음을 어루만진다. 바닷가에 있는 절은 해수관음을 모신 곳이 많은데 여기 기원정사도 해수관음보살이 상주하고 있는 곳이다.

마라도에서

한낮의 사람들이 남기고 간
무수한 발자국들과 까르르 웃음 조각들이
저무는 억새밭에 서성일 때
타는 노을에 붙잡혀 나는
마라도 기원정사에서 밤을 새우고 말았네
등대가 조는 새벽이 올 때
억새꽃 사이로 달리는 바람이 되어
검붉은 정열 한 바가지
새벽바다에 풀어 놓았네

여명의 갈증은 온 바다로 번지고
가장 낮은 곳에서 솟은 해가
가없는 바다에 은비늘을 세워
마라도 억새밭에 쏟아 놓더라
개들은 주인을 닮아 착하고
해국처럼 낮게 피어 자연이 되어 버린
무공해 사람들이 사는 마라도에서 나는
타오르는 가슴에 얼굴을 묻고
늦가을 밤을 하얗게 지새우고 말았네.

승보사찰인 송광사에서 공부하신 혜진 스님이 주지로 계시는 기원정사는 지금 한창 불사가 진행 중이다. 수많은 육지인들의 염원이 기와에 새겨져 깨알처럼 빛나고 있기에 나도 아무 생각 없이 기와 한 장 보시하고 관세음보살님 전에 엎드렸다. 일출과 일몰을 한곳에서 볼 수 있는 여기서 눌러앉아 한 일주일쯤 기도를 하고 싶지만 섬을 빠져나오는 마지막 배 시간에 쫓겨 선착장으로 향하는 발걸음이 못내 아쉽기만 하다.

기원정사

꿈꾸는 섬 청산도 백련사에서

❦ 6월의 청산도

청산도는 하늘이 내린 아름다운 경치와 순한 인심이 있는 섬이다. 영화 서편제에서 보여준 가장 향토적인 보리밭 길은 청산도 당리마을에 있다. 청산도는 그만큼 우리의 정서와 한국적인 풍경이 남아있는 섬이다. 날씨가 맑으면 완도에서 빤히 보이는 이 섬은 여객선으로 50분이면 들어갈 수 있다. 6월의 청산도는 마늘 수확으로 온통 바쁘다. 섬의 관문인 도청리에 도착했다.

배에서 내리니 선착장 부근의 빈터에는 농부들이 막 수확한 마늘을 말리고 있다. 민박집에서 손수 밥을 해먹을 준비를 하고 갔기에 싱싱한 섬마늘을 보자 탐이 나서 주인으로 보이는 노인에게 조심스럽게 말을 건넸다.

"할아버지, 마늘 조금만 파세요. 다섯 뿌리면 됩니다. 얼마 드

도로변에 널어놓은 마늘

릴까요?"

　손마디가 굵은 농부는 대충 뿌리가 큰 마늘을 예닐곱 개 집더니 그냥 가져가라고 한다.

　"육지서 온 것 같은디, 그냥 드시고 청산 마늘 선전이나 좀 하소……."

　섬으로 들어가는 초입에서 벌써 이 섬의 인심을 읽을 수 있었다. 민박집이 있는 지리 해수욕장으로 넘어가기 전에 공판장에서 이것저것 먹을 것을 좀 샀다. 3박 4일 동안 해먹을 양식이다. 도청리에서 걸어서 지리로 넘어가는데 따가운 유월의 햇살이 나그네의

144

긴 그림자 뒤로 따라붙는다. 논에는 모내기 한 나락이 농부의 땀을 먹고 뿌리를 내려 무성하게 자라고 있다.

뻐꾸기 소리에 산딸기는 익어가고 행길에는 수확한 보리가 널렸다. 풍요롭다는 말은 유월의 청산도를 두고 한 말일 것이다. 바다에서 올라온 바람이 밭고랑을 휘젓고 다니다가 개망초꽃이 흐드러진 논두렁을 지나 산마루를 타고 넘어갔다. 순간 육지에서 따라온 찌든 스트레스가 함께 날아가는 듯했다.

길가에 지천으로 익어가는 산딸기를 따먹으며 고개 하나를 넘으니 해변에 소나무가 죽 늘어선 지리 해수욕장이 나온다. 모래 해변 끝자락에 민박집으로 보이는 집이 서너 채 가물거렸다. 해수욕장으로 내려가서 해변을 따라 걸었다. 도요새가 종종걸음으로 바삐 움직이는 곳에 게들이 숨바꼭질을 하고 있다. 작은 게를 잡아먹으려고 게구멍을 지키는 도요새를 보자 살며시 고개를 내밀던 게들이 일제히 구멍 속으로 숨어버린다. 미물이지만 땅속에서도 자기들끼리 연락하는 신호가 있는 모양이다.

🍎 민박집에서

민박집에 도착했다. 창문을 여니 파도소리와 함께 바다가 먼저 방으로 들어섰다. 백사장에서 주워온 예쁜 조개껍질들을 창가에

진열하면서 바깥을 내다보니 해수욕장은 이미 저녁노을로 물들고 있다. 민박집 주인은 우리나라에서 최초로 전복 양식을 한 사람인데 조그만 고기잡이배를 하나 갖고 있다. 마침 그물질을 해서 돌아오는 주인에게 자연산 잡어를 몇 마리 얻었다.

서툰 솜씨로 고기를 다듬고 저녁 준비를 했다. 주인은 텃밭의 상추를 맘대로 따 먹으라고 한다. 오랜만에 싱싱한 고기와 상추쌈으로 차린 자연식단을 대하니 군침이 돌고 사람 사는 맛이 났다. 이른 저녁밥을 해먹고 석양이 드리워지는 해변의 산 중턱으로 난 길을 걸었다. '바다가 있는 계곡길'이라 해야 어울릴 듯한 길이었다. 칡넝쿨이 길을 가로질러 뻗어 있는 곳에 화사로 보이는 뱀한 마리가 재빨리 지나갔다. 이렇게 먼 섬에도 뱀이 있다니……. 살아있는 자연의 생태를 보는 듯했다. 저무는 콩밭에는 석양이 반사되어 붉게 타오르고 소를 몰고 집으로 돌아가는 아낙의 모습은 일찍이 어릴 때 농촌에서 보았던 바로 그 풍경이었다. 가난했지만 행복했던 시절의 추억이 세월을 넘어 여기 청산도에서 잠시 멈춰 서 있다.

밤이 되자 먼 산에서는 쏙독새가 울어대기 시작한다. 잠들기에는 너무나 아까운 시간이라 달빛에 파도가 찰싹대는 해변으로 나섰다. 여름이면 수많은 인파로 붐빌 해수욕장엔 사람 하나 보이지 않고 무수한 별들만 쏟아지고 있다. 비가 오려는지 멀리서 비새가

146

구슬피 울어댔다. 비이 비이……. 밤늦게 자리에 누우니 창가엔 파도 소리 아련한데 밀물처럼 밀려오는 젊은 날의 아련한 추억들 때문에 밤새 잠을 설치고 말았다.

🌰 청산도 일주여행

이튿날 아침부터 섬 구경을 나섰다. 조개를 잡을 요량으로 민 박집에서 호미를 하나 빌렸다. 섬을 한 바퀴 도는 마을버스도 있지 만 도로변에서 기다리면서 히치하이킹을 시도했다. 화물차 한 대 가 지나가다가 세워주었다.

"어디까지 가십니까?"

"그냥 가는 데까지 가서 아무 데나 세워주세요……."

북쪽 해안을 따라 15분 정도 달려 진산리를 지나 산 고개를 넘어 서니 신흥리 갯벌이 보였다. 거기서 차에서 내렸다. 천 원짜리 몇 장을 담뱃값이나 하라고 건넸더니 손사래를 치며 사양한다. 물이 빠진 갯벌에는 조개를 잡는 할머니들이 바쁘게 손을 놀리고 있다. 저녁에 조개를 넣고 된장찌개라도 해먹을 생각으로 신발을 벗고 갯벌로 들어갔다. 호미로 갯벌을 뒤집으니 간간이 조개가 나왔다.

무식하게 갯벌을 뒤집는 나를 보고 할머니 한 분이 조개를 잡는 방법을 알려주었다. 그냥 호미 끝으로 갯벌을 살살 건드리면 조개가 있는 곳에서는 물을 쏘아올린다고 가르쳐 주었다. 힘들이지 않고 나보다 훨씬 많은 조개를 잡는 할머니들의 저 기술은 분명 하루 아침에 터득한 것이 아니리라.

시간이 얼마나 지났을까. 정신없이 조개를 잡는데 밀물이 밀려들기 시작했다. 보석 같은 노동의 대가를 물에 씻어 비닐봉지에 담아 밖으로 나왔다. 신흥리 마을 앞 길가에는 수확한 마늘을 말리는 풍경이 장관이었다.

마을버스를 탔다. 도무지 빨리 가는 차가 아니다. 이 마을 저 동네 구석구석 돌아다니면서 기사는 모르는 사람 없이 인사를 하고, 멀리서 달려오는 사람이 있으면 하염없이 기다리기도 한다. 도시에서 이렇게 했다간 손님들의 성화에 난리가 날 것이다. 산을 넘고 다시 바다를 끼고 돌아서니 길가에 지석묘가 있는 읍리 마을이 나왔다. 차에서 내리니 마을 입구에는 누가 심었는지 빨간 접시꽃이 막 피고 있다. 바다와 가까운 논 가운데에는 아름드리 느티나무가 마을의 역사를 말하고 있다. 지석묘가 있다는 것은 청동기시대에도 여기 이 섬에 사람이 살았다는 증거일 것이다.

읍리를 지나 조금 가니 왠지 눈에 익은 마을이 나타났다. 영화 서편제에서 본 당리 마을인데 마을에서 유일한 초가집 한 채는 서편제의 주인공이 마루에 앉아 판소리를 배우는 장면을 촬영한 장소로 관광객들을 위해 보존해 두었다. 마당가에는 주인 없는 백합이

피어 유월의 청산도를 더욱 아름답게 하고 있었다. 언덕 위에 올라
서니 멀리 도락리 해변이 보였다. 여기서 내려다보는 풍경은 그대
로가 한 폭의 동양화다. 초여름의 태양 아래 논과 밭이 바다와 어우
러져 생명력으로 넘쳐나고 있다. 섬을 한 바퀴 돌아 다시 민박집으
로 돌아와 피곤한 육신을 눕히니 섬에서의 하루가 또 지나갔다.

꿈꾸는 섬

아련하다는 것이 뭔지
비오는 밤 섬에서
섬이 되어 앉아 있으니 알겠더군요
먼 파도소리가 그렇고
밤새 와자한 개구리 소리가 그렇고
새벽까지 봉창문 밖에 떨어지는 낙숫물 소리는
젊은 날 꿈처럼 아련했습니다

소나기 지나가는 언덕에서
우주를 향하여 안테나를 펼치는
그대를 만났습니다
빠알간 산딸기를 따먹으며
살포시 입맞추는 꿈을 꾸었습니다
유치한 것이 오히려 즐겁고 가슴 벅차다고 하셨나요

찔레꽃이 향기롭고
인동꽃이 달콤한 것은
섬 하늘에 진동하는 그대의 체취였습니다
평생 이런 감정 모른 채
그냥 살다 가는 가련한 사람들도 많다고
제가 꿈결에 대답했지요

섬에 들어가면 시계는 거꾸로 돌아

풋풋한 시간을 붙잡고

목 놓아 울어버릴 것 같습니다

착한 그대와 함께라면…….

청산도 백련사

🌸 백련사를 향하여

다음날 오후에 청산도에 있는 유일한 절인 백련사로 향했다. 부흥리의 명물 구들장 논에는 마늘을 수확하는 일손이 분주했다. 구들장 논은 물이 부족한 섬에서 논에 물을 대면 쉽게 빠지지 못하도록 논바닥에 구들장을 깔았다고 한다. 삶의 지혜로 보기엔 너무나 엄청난 생존의 몸부림이 아니던가. 그런데 이 논에서 일하는 사람들은 모두 늙은 할머니와 할아버지들이다. 젊은이들과 애들이 보이지 않는 것이 안타깝기만 했다. 해가 뉘엿뉘엿 서산에 걸릴

때쯤 백련사 입구에 도착했다. 멀리서 바라보니 가파른 산의 바위 병풍 아래 암자처럼 생긴 집이 보였다. 올라가는 길가에는 돌로 담을 쌓아 경계를 만들어 놓은 밭뙈기들이 여기저기 보였다. 콩이나 마늘을 심는 밭이다. 일없는 나그네의 눈에는 목가적으로 보이는 저 밭에서 얼마나 많은 호미자루가 닳았을까. 긴 밭고랑마다 섬마을 아낙네들의 한숨과 애환이 숨어있는 듯했다.

섬에도 이렇게 물이 많은가. 절 바로 아래는 냇물처럼 물이 콸콸 쏟아지고 있다. 가파른 계단길을 타고 오르니 일주문 대신 녹음이 짙은 상록수림이 터널처럼 늘어서 있다. 절집 마당에서 바라보니 멀리 바다가 보이고 가슴이 탁 터진다. 법당에 들어가 삼배를 하고 나와도 도무지 사람이 보이지 않는다. 요사로 보이는 집으로 올라가니 정갈한 장독대가 있어 분명 여기가 사람 사는 곳임을 침묵으로 말하고 있을 뿐이었다. 문 앞에는 부처의 심성을 닮은 크고 순한 개 한 마리가 앉아 있다. 개는 주인을 닮는다고 했던가.

"계십니까? 스님 계십니까?"

문을 열고 나오는 분은 이 절집을 지키는 비구니스님이었다. 차를 끓여주시면서 손수 기른 무공해 딸기를 한 접시 내놓고 볶은 콩도 먹으라고 내놓았다. 무슨 말이 필요 없었다. 앉아서 콩을 까고 있는 스님의 모습은 그 자체가 설법이었다. 날씨가 맑으면 여기서 제주도가 지척에 보인다고 한다. 섬 속의 또 다른 섬이라고 할 수 있는 백련사에서 스님은 온종일 성성하게 화두를 붙잡고 있었다. 다시 사바세계로 내려오는 나그네가 보이지 않을 때까지 스님은 먼 바다를 바라보고 있었다.

간월도 간월암

🍎 돌섬에 피어난 연꽃

서산 간척지가 있는 천수만의 가창오리들이 낙조 속으로 빨려 들 무렵 간월암을 찾았다. 간월도에 딸린 작은 돌섬 위에 연꽃 형 상으로 피어난 암자가 간월암이다. 물이 빠지면 육지와 연결되고 물이 차면 나룻배를 타고 건너가야 하는 간월암은 하루에 두 번씩 뭍이 되었다가 섬이 되기를 반복한다. 본섬인 간월도는 천수만 간 척사업으로 육지가 된 섬이다. 1980년대에 간척을 하기 전에는 천 수만 한가운데 떠 있던 외딴 섬이었다. 가끔 굴 양식 배가 드나들 던 간월도는 지금은 매립이 되어 어리굴젓으로 유명한 육지 관광 지가 되었다.

간월암

🍎 간월암의 역사

간월암은 비록 작은 암자이지만 한국불교와 관련된 역사의 향
기는 대단한 곳이다. 조선 태조 이성계의 왕사였던 무학대사가 이
암자를 창건하고 이곳에서 달을 보고 깨달음을 얻었다고 하여 간
월암이라 했다. 해인삼매海人三昧의 경지였을까. 번뇌의 파도가 잠
든 고요한 지혜의 바다에 은은한 달빛이 비치자 홀연히 우주의 참
모습이 뚜렷이 나타났을 것이다. 당시 무학사라 부르던 절은 조선
조의 억불정책 때문이었는지 세월이 지남에 따라 폐허가 되었지만
1914년 만공 대선사가 다시 중건하여 오늘의 간월암으로 이어져
오고 있다.

156

마침 물이 빠져나간 시간이라 걸어서 간월암으로 들어갔다. 입구의 해탈문으로 들어서니 법당과 작은 전각들이 반긴다. 그 중에는 산신각과 용왕당도 있다. 섬이니까 민간신앙을 포용한 용왕당은 있을 법한데 산도 없는 곳에 산신각이 있는 것이 이채롭다.

간월암은 덕숭산 수덕사에서 관리하는 암자로 역사를 거슬러 올라가면 근대 한국 선불교의 불씨를 살려낸 경허선사의 법맥과 관련이 있다. 경허의 제자였던 만공은 일제 치하에서 조국의 해방을 기원하는 천일기도를 여기 간월암에서 했다. 기도가 끝나고 회향한 다음날 해방이 되었다고 한다. 그리고 그 이듬해에 선사는 열반에 들었다. 열반 직전에 깨끗이 면도하고 거울을 들여다보면서 남긴 말은 유명하다.

"여보게! 자네와 나는 오늘 이별이라네. 그동안 고마웠네……."

육신의 껍질을 벗기 전에 그는 이미 어디서 와서 어디로 가는지를 알고 있었을 것이다.

낙조가 천수만을 붉게 물들이고 삼성각의 촛불이 역광 속에 가물거릴 즈음, 어디서 몰려온 한 무리의 관광객들이 절 마당으로 들이닥쳤다.

작은 암자는 갑자기 오일장이 선 것처럼 와자지껄했다. 조용히 참배하는 사람들의 입장은 안중에도 없는 듯했다. 말려서 될 일은 아닌 것 같아 그냥 기다렸더니 잠시 후 그들은 썰물처럼 빠져나가고 간월암은 다시 본래의 모습을 찾았다. 저런 소란도 인연 따라 일어났다가 인연이 다하면 사라지는 것인가 보다. 하늘을 보았다. 해는 서쪽바다 수평선에 가까운데 중천에 하얀 낮달이 하나 떴다. 간월암에서 해와 달을 함께 보는 행운을 맞았다.

❀ 노을 속의 저녁 예불

바다가 노을로 뒤덮이고 고기잡이배와 갈매기들이 아름다운 풍경을 연출할 때 저녁예불이 시작되었다. 스님과 함께 부처님 전에 엎드렸다. 저무는 간월암에서 나그네는 무거운 짐을 내려놓고 작은 섬이 되어 가고 있었다. 무학대사를 비롯한 고승들의 인물화가 걸려 있는 법당에서 울려 퍼지는 목탁소리는 천수만의 갯벌을 넘어 멀리 죽도와 안면도까지 퍼져나갔다.

물이 차기 전에 간월암을 빠져나오면서 뒤돌아본 풍광은 말로 표현할 수 없는 아름다움이었다. 석양에 비친 산죽 울타리 너머로 세월을 말하는 모감주나무와 팽나무가 암자를 감싸니 섬은 일시에 한 송이 연꽃이 되어 붉은 바다 위로 떠오를 준비를 하고 있다. 그 섬에 다시 물이 차고 있다.

무인도

만물의 영장이라면서
돈에 휘둘리고
사람에 휘둘려
만신창이가 된
빠빠라기들아

뗏목을 엮어 타고
비췻빛 바다를 표류하여
호놀룰루와 파고파고를 지나
남십자성 빛나는
먼 사모아의
무인도로 가자

재벌도 없고
신용불량자도 없고
국회의원이 없어 더욱 시원한
폴리네시아의 야자수 아래서
핸드폰 꺼버리고
한 서너 달
푹
쉬자…….

일몰의 간월도

보길도에는 남은사가 있다

🍎 땅끝에서 보길도로

지국총 지국총 어사와! 고산 윤선도의 어부사시사를 생각하며
해남 땅끝마을에서 보길도 가는 배를 탔다. 한여름은 지났지만 9월
의 태양 아래 늦더위가 맹위를 떨치고 있었다. 땅끝전망대를 멀리
하고 배가 도착한 곳은 노화도라는 섬이다. 노화도와 보길도는 다
리로 연결되어 있다. 보길도에 도착하자마자 비가 오기 시작했다.
장대처럼 내리는 빗줄기 사이로 차를 몰아 섬을 대충 한 바퀴 돌아
본 뒤, 후박나무 방풍림이 늘어선 해수욕장이 있는 예송리의 민박
집에 여장을 풀었다.

보길대교

보길도 예송리 풍경

1층에는 주인이 살고 2층은 민박을 하는 집이다. 저녁 무렵에 비가 그치자 부항리에 있는 '보길도 윤선도원림'을 둘러보았다. 여기는 고산 윤선도가 유배되었다가 풀려난 후 인조 13년인 1637년부터 1671년 죽을 때까지 7차례에 걸쳐 드나들면서 13년 동안 살았던 곳이다. 윤선도원림을 둘러본 후 남은사라는 절을 찾아가기 위해 부용리 상수도수원지 앞에서 어떤 농부에게 길을 물었다. 마을에 차를 세워놓고 산길을 30분 이상 걸어 올라가야 된다고 한다. 곧 어두워질 것 같고 가랑비도 다시 내리기 시작해서 무리하지 않고 민박집으로 돌아왔다.

바다에서는 비가 오는 날이면 바람도 세게 불고 파도가 높이 인다. 반바지 차림에 비를 맞으며 예송리 해수욕장으로 나가봤다. 모래사장이 아닌 검은 조약돌로 이루어진 해변이 족히 1km는 넘어 보였다. 철 지난 바닷가에는 썰렁하게 파도만 굴러다닐 뿐, 파라솔을 치고 해삼과 소주를 파는 곳에도 사람은 보이지 않는다. 오랜만에 우산을 쓰지 않고 맨몸으로 비를 맞아보니 어린애가 된 기분이다. 머리카락을 타고 흘러내린 비가 다시 등줄기를 타고 내리면서 옷이 흠뻑 젖어도 마냥 즐겁기만 했다.

저녁 식사를 하고 다시 해변으로 나오니 비는 멎었는데 캄캄한 해변에는 도깨비불이 휙휙 날아다니고 있다. 가까이 가보니 낚시꾼이었다. 캐미라이트라고 하는 야광찌가 낚싯줄에 매달려 춤을 추는 것이 영락없는 도깨비불로 보였던 것이다. 별빛도 없는 캄캄한 해변에 낚시꾼만 홀로 남겨둔 채 민박집으로 돌아왔다. 먼 파도소리를 자장가 삼아 남국의 섬에서 고단한 심신을 달래며 깊은 꿈나라로 빠져들었다.

164

🌸 남은사를 찾아서

다음날 아침에도 하늘은 여전히 찌푸린 채 바람이 세게 불고 있다. 남은사를 찾아 나섰다. 해변에 있는 정자리 마을 중간에 차를 세워놓고 좁은 산길로 접어들었다. 무더위 때문에 10분도 못되어 땀에 젖어 헉헉대는데 구름 사이로 간간히 해가 나올 때면 찜통 속에 들어앉은 기분이다.

뻐꾸기 소리 애잔한 오솔길에는 조그만 게들이 바스락거리며 사람을 피해 숲속으로 숨는다. 산에 이렇게 많은 게가 사는 것이 너무 신기했다. 여기 작은 섬에 사는 생명의 숫자는 아마도 전 세계의 인구보다 많을 것이다.

개미나 지렁이 같은 미물을 합치면 도대체 얼마나 많은 생명이 살고 있는지 알 수 없다. 숲이 우거져 하늘을 뒤덮은 길가에는 누가 그랬는지 군데군데 정성스럽게 돌탑을 쌓아 놓았다. 돌탑을 만나면 인사를 하고 한 걸음 뗄 때마다 수많은 생명들 사이에 서 있는 나는 누구인가를 생각하면서 한 시간쯤을 걸었나 보다. 산마루를 돌아 평평한 길로 접어드는데 갑자기 온 산의 떡갈나무 잎이 뒤집어지면서 광풍이 몰아쳤다. 직감적으로 태풍이 오는 것을 알아챘다.

휴가

먹고 사는 일이 아닌
하고 싶은 일을 하러 갑니다
뭔 일이냐고 묻지 마세요
그냥 쉬는 일입니다

쉬고 또 쉬면 다 해결되는데
사람들은 고민하고 안달하고
긁어 부스럼을 만듭니다

가는 곳이 어디냐고요
바람 부는 대로 떠내려가다가
섬이 하나 나오면 머물겁니다

파도가 있고 별이 있고
때로는 거센 비바람이 치는
그 섬에서 그냥 가만히 있을랍니다.

남은사

　깊은 산중에 가랑비가 흩날리며 안개가 끼기 시작했다. 혹시 길을 잃는 것이 아닌가 하고 걱정할 즈음에 사람이 사는 흔적을 발견했다. 절집 입구인지 사람이 가꾼 꽃이 자라고 있다. 보랏빛 수국이 흐드러지게 피어서 길손을 반긴다. 얼마나 반가웠는지 모른다. 남은사는 거기 산 정상 아래 있었다. 탑이 있는 곳에 맑은 샘도 있다. 목말라 보지 않은 사람은 물맛을 모른다. 한 시간 이상 땀을 흘렸으니 바위틈에서 솟아나는 샘물은 말 그대로 생명수요,

꿀맛이었다.

🌱 안개 속의 수도승

남은사는 나이 드신 스님 한 분이 지키고 있었다. 저 아래 마을에서부터 절 입구까지 수없이 쌓아놓은 돌탑은 이분의 작품일 것이다. 안개 속에서 절집 문을 두드리니 스님이 나왔다. 부처님을 모신 곳에 향을 사르고 삼배 한 후 스님과 잠시 이야기를 나눴다. 외딴 섬에 있는 작은 암자라서 그런지 신도가 많지 않다고 한다. 치열한 구도자가 아니면 살기 힘든 환경이다. 그래도 홀로 수행하기에는 더없이 좋은 암자로 보였다. 태풍이 오면 뱃길이 막힐 것 같아 잰걸음으로 산을 내려오는데 이미 바람이 온 산을 삼키고 있다. 남은사는 그렇게 안개와 바람 속으로 숨어버렸다.

불보살이 현현하는 섬 삽시도에서

🍎 삽시도 가는 길

서해바다 어디쯤 한적한 섬에 있는 암자로 가고 싶어 길을 나섰다. 기축년 새해를 맞이하여 해묵은 마음의 옷을 벗어버리고 싶었기 때문이다. 발걸음은 대천으로 향했다. 대천항은 서해의 수많은 유인도로 가는 정기 여객선이 기다리는 곳이다. 삽시도로 가는 배는 하루에 세 번 있다. 12시 20분에 출발하는 배를 타기로 하고 대천항 수산시장 인근에서 아침 요기를 한 후 섬에 가서 손수 밥해 먹을 쌀과 부식을 조금 샀다.

배가 대천항을 빠져나가자 오른쪽으로 원산도 해변의 모래사장이 눈부시게 빛나고 멀리 삽시도가 빤히 다가선다. 객실에는 즐거운 꼬마들과 순하고 표정 없는 섬 원주민들이 드문드문 앉아있고, 고달픈 육신을 눕힌 채 단꿈을 즐기는 사람들도 보였다. 순간 숨 막히는 육지를 뒤로하고 저 멀리 은빛으로 일렁이는 자유가 나를 부르고 있다. 아! 이제 자유다!

❦ 섬마을 풍경

배가 삽시도 선착장에 도착하자 갈매기 몇 마리가 마중을 나왔다. 해변에 늘어선 펜션은 철을 지나 썰렁한데 바다에는 굴을 따는 할머니들만 서너 명 보인다. 찬 갯바람 속에서 질긴 삶의 무게로 노동을 하고 있는 저 할머니들의 모습은 질박한 섬을 꼭 빼닮았다. 우선 차를 몰아 섬을 한 바퀴 돌아보기로 했다. 적막함이 온 섬을 휘감고 돌았다.

한여름 날 연인들이 남기고 간 발자국들은 파도에 지워지고 빈 소라껍질과 말라붙은 불가사리의 잔해가 철 지난 모래 해변에 뒹굴고 있다. 까마득한 날 어부들이 만선의 노래를 불렀던 추억은 백사장 구석에 녹슨 닻으로 외롭게 남았다. 여름날 불타오르던 태양은 식었지만 겨울바다는 이렇게 쓸쓸해서 좋다.

녹슨 닻

🌸 약수암으로

삼시도에는 사람이 800명 정도 산다는데 해변을 따라 차를 달려 둘러봐도 인적을 찾기가 쉽지 않았다. 집 앞에서 작업을 하고 있는 할아버지 한 분을 가까스로 만나 약수암 가는 길을 물었다. 아주 친절하게 가르쳐 주신 곳은 깊은 숲속이었다. 꼬불꼬불한 비포장 길로 접어드니 장승들이 버티고 서 있는 절 초입이 나왔다. 여기가 일주문이리라.

차에서 내려 합장하고 절집으로 들어섰다. 송림이 울창한 해변이다. 해변을 따라 아름드리 소나무가 늘어선 것으로 보아 예사로운 터는 아닌 것 같다. 가건물처럼 생긴 법당에 들어서니 아미타 부처님이 계시고 좌우로 수많은 지장보살과 관세음보살을 모셔놓았다. 향을 사르고 삼배를 하는데 어디선가 스님이 나타나셨다.

선한 이웃처럼 보이는 스님은 바로 앞에 보이는 섬을 가리키며 무엇처럼 생겼느냐고 내게 물었다. 찰나간에 나는 정신이 아득했다. 저 바다 위에 부처님이 가만히 누워 계시는 것이 아닌가. 바라보는 순간 바로 부처님이라고 알아차릴 수 있었다. 이 무슨 인연이란 말인가. 섬의 이름이 불모도佛母島라고 한다. 누워 계시는 부처님의 두상과 몸통 그리고 발의 모습이 뚜렷하게 보였다. 차를 한잔 마시며 스님으로부터 삽시도에 대한 많은 이야기를 들었다.

"지금 우리가 있는 이 자리는 용의 꼬리에 해당하는 곳입니다. 삽시도에는 다섯 군데 신비한 곳이 있습니다. 불모도, 수루미, 금송, 수리바위, 물망터가 그것입니다."

다음날 다시 약수암에 오기로 스님과 약속하고 선착장 인근의 민박집에 여장을 푼 나는 주인 할머니를 따라 굴을 따러 나섰다. 장화를 신고 굴 따는 도구인 조세를 빌려 개펄로 내려갔다. 한 시간 남짓 딴 굴이 한 사발은 족히 되었다. 저녁상에 올렸다. 초장에 청양고추와 마늘을 썰어 넣고 생굴을 넣어 밥에 비벼 먹으니 맛이 정말 일품이다. 상큼한 서해바다의 향기가 입속에서 사르르 녹아 피가 되고 살이 되는 순간이었다.

보자기

섬으로 떠나는 내 걸망 속에는
언제나 정갈하게 접어 둔
보자기가 하나 들어 있다

부피가 작아서 좋고
온갖 물건을 생긴대로 쌀 수 있는
나일론 천 조각 하나

루이뷔똥 가방 한 개 살 돈이면
보자기 천 개를 사고도 남지만

섬에 사는 할머니가
흙 묻은 고구마를 한 소쿠리 줄 때면
그 마음 담아올 수 있는 것은
보자기밖에 없다.

상시도의 아침 풍경

아침이 빨리 오기를 기다리며 밤새 몸을 뒤척였다. 어느 순간 붉은 동녘 바다가 창으로 쏟아져 들어왔다. 갈매기 그림자가 여명의 바다로 곤두박질할 때 카메라를 들고 집 밖으로 뛰어나갔다.

밤새 그물질 한 배들이 햇살을 가득 싣고 분주히 포구로 돌아오고 있다. 섬에서의 하루는 이렇게 시작되는가 보다. 날이 밝자 다시 약수암으로 향했다.

🕯 불모도의 전설

수루미 약수암 법당에서 내다보면 지척에 있는 섬 불모도가 보인다. 전설에 의하면 광천에 살았던 어느 여인이 자식이 없어 집안 어른들로부터 구박을 받아오다 견디지 못하고 여기 불모도로 야반도주를 와서 간절한 기도생활 끝에 12명의 자식을 낳았다고 한다.

수루미는 한문으로 표기하면 해류가 흐르는 끝이라는 뜻의 '수류미水流彌'가 된다. 삽시도에서 제일 높은 산이 '큰산' 혹은 '아미산阿彌山'인데 그 남쪽 끝 능선이 용의 머리라면 수루미는 힘찬 용 꼬리에 해당하는 기가 센 터라고 한다. 스님과 함께 썰물 때를 이용하여 섬을 한 바퀴 돌아보기로 했다. 수루미에서 남서쪽으로 돌아서니 '비암목'이 나왔다. 뱀의 목처럼 생겼다고 해서 붙인 이름이다. 비암목을 돌아서니 고운 모래가 깔린 해변에 눈에 띄는 소나무가 한 그루가 서 있다.

금송

❤ 부처님의 화신 금송
주변 나무와 한눈에 구분
되는 금색을 띤 소나무다. 스
님은 이 나무를 부처님의 화
신이라고 한다. 우주 만물이
부처님의 화신 아닌 것이 어

디 있으랴마는 더욱 특별한 모습으로 여기 삽시도에 나타난 금송
은 그 모습도 정일품송의 자태를 갖춘 삼각형으로 고고하게 자라
고 있다.

❤ 물망터에서
금송 해변을 돌아서면서 유조선 사고로 유출된 기름의 흔적이
바위틈 곳곳에 남아있는 것을 보고 가슴이 아팠다. 인간이 자연에
게 가한 테러의 현장이다. 용의 머리에 해당하는 곳에 이르자 그
앞에 '수리바위'가 버티고 서서 용의 승천을 막고 있는 형국이다.
한 굽이 더 돌아서니 무속인들이 묶어놓은 원색의 천들이 바람에 날리고 있다. 한눈에 봐도 기가 느껴지는 곳이다. 스님은 그 아래쪽 바위틈을 가리키며 '물망터'라고 한다. 밀물이 몰려오면 깊은 바다가 되는 곳이다. 썰물 때만 모습을 나타내는데 묘한 것은 여기 바위 틈새에서 민물이 솟아나고 있다.

"여기 물망터는 해수관음이 계시는 곳으로 서해에서 가장 큰 터입니다. 호법신장인 산왕대신과 용왕대신이 만나는 곳이기도 하고 풍수적으로는 혈자리입니다. 여인의 자궁처럼 생긴 곳에서 신비한 물이 샘솟습니다. 예전에 배를 타고 지나가던 한센병 환자들이 여기서 난파되어 근처에 움막을 짓고 살았는데 이 물을 마시고 완치되었다고 합니다."

기이한 일이다. 설명이 필요 없었다. 나는 절하는 자세로 머리를 처박고 벌컥벌컥 물을 마셨다. 나도 몰래 신묘장구대다라니가 튀어나왔다. 스님과 나는 틈새를 깨끗이 청소하고 다시 새 물이 고일 때까지 지켜보면서 불보살님의 흔적과 가피를 뼈저리게 느꼈다. 여기 물망터를 지나가는 바람과 햇살까지도 충만한 우주의 에너지로 내게 다가왔다.

🍎 진관 스님

약수암 법당에 모신 아미타 부처님은 맞은편 불모도를 바라보

불모도 전경

고 계신다. 부처님 전에 앉아 한참 염불을 하면서 삽시도는 예사로운 섬이 아님을 직감했다. 진관 스님이 손수 율무로 단주를 만들어 부처님 앞에 놓고 점안을 시켜 내게 주면서 다음에 다시 오라고 하셨다. 도반 스님이 그린 선화를 내밀며 희망의 메시지도 전해 주셨다. 삽시도揷矢島는 단순히 화살이 꽂힌 섬이 아니라 부처님이 현현하는 섬이다. 그 섬을 진관 스님이 지키고 있다.

　마지막 배를 타고 대천항으로 돌아오면서 내내 섬을 바라보았다. 언젠가 다시 안기고 싶은 그리운 품 너머로 서해의 일몰이 장엄한 풍경을 연출하고 있다.

생일도 학서암에서

🍎 생일도를 향하여

먼 남쪽 섬 생일도에 고고한 학이 살았다는 학서암이 있다. 작
년에는 암자를 수리하는 중이라기에 가지 못하고 있다가 이번에
그리던 학서암을 찾아 나섰다. 생일도는 전남 완도군에 속하는 섬
으로 한때 밤에 괴물이 나타나 염소를 잡아먹는다고 신문에 난 적
이 있다. 알고 보니 큰 멧돼지의 소행이라고 했지만 그만큼 자연
생태가 살아 있고 산세가 우람하기 때문에 야생동물도 많이 살고
있나 보다.

예전에는 생일도에 가려면 강진 마량포구에서 배를 타고 갔지
만 요즘은 강진에서 고금도와 약산도까지는 다리로 연결되어 있어
차를 몰고 약산도 당목항까지 가서 철부선을 타고 생일도로 들어
갈 수 있다. 육지와 다리로 연결된 고금도와 약산도는 이미 섬이

아니다. 고금도 덕동 마을은 임진왜란 당시 이순신 장군이 명량해전에서 이긴 후 수군 진영을 두고 마지막 일전을 준비했던 역사적인 고장이다. 고금도에서 다시 다리를 넘으면 약산도가 나오는데 이 섬은 흑염소로 유명한 곳이다. 약산에서 나는 각종 약초를 뜯어 먹고 자라기 때문이다.

당목항은 약산도 남단에 있는데 여기로 가는 길가에는 해변을 따라 갯마을들이 옹기종기 눌러 앉아 있다. 면 소재지를 지나는데 참으로 정겨운 간판들이 눈에 들어온다. 별다방, 약속다방…… 70년대에는 서울에서도 익히 보았던 이름들이다. 요즘 큰 도시의 '스타벅스'라는 찻집에서 사치스런 차를 마시는 사람들에게 별다방이라면 촌스럽다고 외면할지 모른다. 아련한 향수를 불러일으키는 저 다방들이 설마 말 많은 그 티켓다방은 아니겠지…….

❤ 당목항에서

당목항에 도착하니 해가 제법 서쪽 바다로 기울어 마음이 급해졌다. 매표소 겸 구멍가게에는 씩씩한 50대로 보이는 아주머니가 표를 팔고 있다. 5시 20분에 출발하는 마지막 배를 타고 말로만 듣던 생일도로 향했다. 겨울 가뭄이 심하고 먼지가 날리기 때문인지 바다 날씨도 맑지 못하고 뿌연 안개가 끼어 먼 섬들을 분간하기가 쉽지 않았다. 섬과 섬 사이로 하얗게 펼쳐진 양식장 부표 사이로 약 30분을 달리니 생일도 선착장이 보인다. 선착장은 어디든 붐비기 마련이다.

배가 고동을 울리자 사람들은 내릴 준비를 하고 다시 그 배를 타고 육지로 나오려는 차와 사람들이 웅성대기 시작한다. 많은 사람들이 만나고 헤어지는 섬마을 부두에 첫발을 내디디니 고립과 자유라는 두 개의 감정이 묘하게 교차했다. 생일도 선착장의 찬바람은 나그네를 우수에 젖게 하지만 큰 자유를 가슴 깊이 들이킬 수 있어 한없이 기뻤다. 그래서 사람들은 섬을 대자유라고 했고, '그 섬에 가고 싶다'고 노래했는지 모르겠다.

🐗 멧돼지를 보다

한두 시간 후면 해가 지고 어둠이 내릴 텐데 마음은 이미 학서암으로 달리고 있다. 학서암이 어딘지 동네 할머니에게 물었더니 저 산꼭대기 너머에 있다고 한다. 백운산 정상 근처라는 말이다. 백운산은 산봉우리가 여름에 서너 달 동안 흰 구름 속에 잠겨있다 보니 붙여진 이름이다. 비포장도로를 타고 산허리를 감고 도는데 중간에 차라도 만나면 보통 일이 아닐 것 같았다. 중간 중간 시멘트 포장길도 있지만 대부분 흙냄새 물씬한 오솔길이다.

182

길 양쪽으로 마른 억새가 노을 지는 하늘을 배경으로 늘어서서 아름다운 풍경으로 다가섰다. 순간 땅거미 지는 길에 검은 물체가 나타났다. 개보다 큰 짐승이었다. 억! 말로만 듣던 그 멧돼지!

그러나 차를 힐끗 한번 쳐다보고는 숲속으로 사라졌다. 약간 무섭기는 했지만 저놈들은 사람이 먼저 위협하거나 공격하지 않으면 사람을 해치지는 않는다는 이야기를 들었기에 크게 놀라지는 않았다.

어둠이 내리는데 산 정상에서 아무리 둘러보아도 학서암을 찾을 길 없었다. 반대편 해안으로 내려오는데 이제 막 포장을 한 길은 험하고 인적마저 끊어져버려 겨우 내려왔다. 가까스로 불빛이 보이는 외딴 집 한 채를 발견하고는 문을 두드렸다. 학서암이 어디 있는지 물었더니 저 산꼭대기 어디쯤이라면서 날이 어두워 위험하니 내일 아침에 가라고 한다.

❀ 생일도에서의 하룻밤

차를 몰아 섬을 반 바퀴쯤 돌아 원래 배가 도착했던 곳으로 와서 민박집을 찾았다. 주인아주머니가 밤 12시까지 식사와 술을 파는 집이다. 1층에서 식사를 하고 2층으로 올라가 방을 둘러보는데 한숨이 나왔다. 현관에 흙 묻은 신발이 10켤레도 넘게 어지러이

생일도 전경

뒹굴고 있다. 섬에 상수도 공사를 한다고 육지에서 인부들이 와서 이 집에서 장기 유숙을 하고 있었다.

방은 걸레질도 제대로 안 한 것 같고 벽에는 거미줄이 주렁주렁 붙어 있다. 그냥 나가서 다른 집으로 옮길까 하고 생각하다가 여기가 인생의 축소판을 다 경험할 수 있는 곳이라고 스스로 위로하면서 하룻밤 버티기로 했다. 여장을 풀고 조금 앉아 있으니 누군가 노크를 했다. 술 취한 사람이 이불을 가지러 왔다는데 기가 막혔다. 이불장에서 이불을 갖고 간 뒤 조금 있으니 또 다른 한 명이 와서 이번에는 노크도 없이 불쑥 문을 밀고 들어왔다.

"어! 이 방이 아니었나…… 죄송합니다."

도저히 잠을 이룰 수 없어 1층으로 내려와 소주를 한 병 시켰다. 그런데 그 사이에 어디서 마셨는지 완전히 곤드레가 된 젊은 친구 하나가 옆자리에 앉아 신세타령을 늘어놓으며 혼자 중얼대기 시작했다. 이미 혀는 꼬부라져 있고 홀로 징징대며 눈물을 짜는 게 아닌가.

"아이고! 집에서 뜨슨 밥 먹고 편한 잠 자믄 될 것인디 나가 여기까정 뭣 땜시 왔다요."

언뜻 들어보니 상수도 공사 일을 하러 왔는데 이런저런 이유로 동료들 간에 왕따를 당해 일도 못하고 다시 뭍으로 가야 할 형편인 듯했다. 잔뜩 취한 술에 불평불만을 늘어놓으며 감정은 이미 폭발

직전이었다. 순간 불편하고 불안한 생각이 들었다. 대충 소주 몇 잔을 털어 넣고 방으로 올라왔다. 그런데 이게 무슨 일인가. 방음이 제대로 안 되는 옆방에서 아까 그 친구가 무슨 말인지 밤새 중얼대는 것이 아닌가. 참아야 한다는 생각뿐이었다. 참는 자에게 복이 온다는 인욕바라밀을 어이없이 실천하는 밤이었다.

그래도 날은 새고 아침은 오는 법! 솔로몬 왕이 말했다는 '이 또한 지나가리니……'가 진리임을 알았다. 해가 돋자 어둠은 어디론가 사라져버렸다.

🍎 학서암에서

아침 일찍 행장을 챙겨 어제 그 길로 차를 몰아 다시 학서암으로 향했다. 바다에 안개는 여전했다. 산 중턱에서 멀리 청산도와 제주도까지 환히 볼 수 있다는데 안개 때문에 아쉬움이 남았다. 비포장 오솔길에서 풍경에 매료되어 차를 세우고 둘러보는데 어디선가 목탁소리가 들렸다. 저 소리만 따라가면 학서암이 나올 것이라 생각하니 마음이 바빠졌다.

정상 가까이서 오른쪽으로 새로 낸 작은 길을 따라 차를 몰았다. 이것이 판단 착오일 줄이야……. 가파른 길을 넘어서기 직전 차는 더 이상 올라갈 수 없었다. 사륜구동 지프차가 아니고는 넘을 수 없는 길이다. 머리끝이 뾰족 선 상태로 아슬아슬하게 후진을 해서 벼랑을 타고 내려오는데 등에는 식은땀이 흘렀다. 안전한 곳에 차를 세워놓고 준비해 온 공양미 한 포대를 메고 걸어서 암자로 향했다. 산등성이에 올라서니 목탁소리와 나무아미타불 염불 소리가 더욱 크게 들리고 저만치 바위 병풍 끝에 학서암이 매달려 있다.

고즈넉한 양지 쪽에서 학서암이 졸고 있다. 암벽에 조성한 불상도 아름다운 산세를 뒤로하고 자비의 미소를 띠고 있다. 공양주 할머니가 계셨다. 스님도 계시는데 10시부터 정초기도를 하실 거라고 했다. 공양미를 부처님 전에 올려놓고 108배를 했다. 10시가 되자 스님이 방에서 나오시기에 인사를 하고 함께 기도에 동참했다. 독경을 하고 나서 관세음보살을 1시간 정도 간절하게 부르는 기도였다. 낭랑한 염불소리는 산굽이를 타고 돌아 뭇 생명들을 어루만지며 멀리 바다로 흘러들고 있다.

"관세음보살 관세음보살……."

기도가 끝나자 공양주 할머니는 먼 데서 온 나그네의 배고픔을 알았는지 정성스런 점심공양을 내놓는다. 식사를 마치고 스님이 타 주시는 차를 마시며 이런 저런 이야기를 나누었다. 생일도에는 약 1,100명의 주민이 살고 있으며 학서암은 역사가 약 300년 된 절로 두륜산 대흥사의 말사라고 한다. 이 작은 암자가 완도군에서

188

가장 오래된 전통사찰인 셈이다. 요즘은 오지에 있는 절에서 수행하는 스님을 만나기도 쉽지 않은데 참 기이한 인연이다. 몇 년 전에 거금도 송광암에서 만났던 내 정신적 스승과 속가의 친구이자 구도의 길을 함께 가는 도반이라고 하니 세상은 참 좁다는 생각이 들었다.

뒤로 백운산의 우람한 산세가 받치고 있고 멀리 태평양이 손에 잡힐 듯 보이는 학서암은 흔히들 말하는 기도도량으로는 비길 데 없이 좋은 곳이다. 한때 여기에 많은 무속인들이 살았다고 한다. 스님이 여기로 온 후 무속인들을 내보내고 청정도량으로 만들었다고 한다. 스님은 말한다.

"산에 사는 맛을 알면 속가에 내려가 살지 못합니다. 오지 산꼭대기에 살면 불편한 것도 많지만 대자연 속에 사는 맛은 무엇과도 바꿀 수 없습니다. 사람들은 잘 모릅니다."

산굽이를 돌아 내려오면서 뒤돌아본 학서암은 내 가슴속에 잔영으로 남아 서울까지 따라왔다. 꽃피고 새가 노래하는 날 봄비라도 촉촉이 내리면 생일도 학서암에 다시 한 번 가봐야겠다.

방랑을 마치고

무공해 세상에서 살다 왔습니다
갯바람을 쐬며 파도를 타고
팬티까지 홈빡 비도 맞아보았습니다
푸른 별빛이 부서지는 방파제에서
벌러덩 잠도 잤습니다

젊음으로 가득한 백사장엔
두꺼비집을 지으며
하얀 허벅지를 태우는 청춘들
뭉게구름 아래 자맥질하며
깔깔 뒤집어집니다

밤이슬이 열기를 식히는 해변엔
못다 한 사랑 밤새 도란거리는데
고독한 소라와 조개들만
내 곁에 흔적을 남기고 사라졌습니다

이제 썰물처럼 달아난 시간을
짭짤한 배낭에서 끄집어내며
묻어온 모래알들을 만져봅니다.